Albert Lindner

Stauf und Welf

Ein historisches Schauspiel in fünf Aufzügen

Albert Lindner

Stauf und Welf
Ein historisches Schauspiel in fünf Aufzügen

ISBN/EAN: 9783743644106

Hergestellt in Europa, USA, Kanada, Australien, Japan

Cover: Foto ©Andreas Hilbeck / pixelio.de

Weitere Bücher finden Sie auf **www.hansebooks.com**

Stauf und Welf.

Ein

historisches Schauspiel

in fünf Aufzügen.

Von

Albert Lindner.

Der Verfasser behält sich das Recht vor, die Erlaubniß
zur Aufführung und Uebersetzung dieses Schauspiels
zu ertheilen

Jena,
Hermann Costenoble.
1867.

Personen:

Kaiser Friedrich Barbarossa.

Heinrich der Löwe, Herzog von Sachsen und
    Baiern.

Der Pfalzgraf Otto von Wittelsbach.

Der Burggraf von Hohenzollern.

Fürst Cardinal Alexander.

Gerardo, Consul von Mailand.

Der Pfalzgraf vom Rhein.

Heinrich von Velbeck, Minnesänger.

Beatrix, die Kaiserin.

Mathildis, Gemahlin des Löwen.

Agnes, Pfalzgräfin vom Rhein.

Prinz Heinrich, Sohn des Löwen.

Graf von Montferrat.

Hermann, Graf bei Rhein.

Ranzow, ein Landsknecht.

Die Könige von Böhmen und Polen.

Der Graf von Tirol,
Der Herzog von Zähringen,   } stumm.
Der Graf von Andechs,
Der Herzog von Oesterreich,

Mönche, Landsknechte, Ritter, Bürger, Gesandte,
    Herold, Kämmerer.

————

Das Belassen oder Streichen der mit [ ] einge-
schlossenen Stellen bleibt dem Ermessen der Regie
überlassen.

————

Ein poetisches Vorwort

zum

historischen Schauspiel „Stauf und Welf."

—————— ———

Das Innere des Kyffhäuserbergs. Kaiser Barbarossa am Tisch, wie in dem bekannten Rückert'-
schen Gedicht, mit mächtigem Bart. Der Knabe
Veldeck sitzt auf einer Felserhöhung, auf der ein
Strahl des anbrechenden Tages anfangs röthlich
und ungewiß, dann immer heller zu liegen kommt.
Nach einer Weile fernes Gewittern.

Barbarossa (erwacht).

Es dröhnt der Berg! Der alte Warner ruft
Mich aus dem Schlaf, und durch die Felsenpforten
Weht es mich an wie eitel Morgenluft:
'S ist Wachens Zeit bei meinem Volk geworden.
Wie lang ist's her, seit mich der letzte Schrei
Des deutschen Adlers rief? Vermeld' es, Knabe!

Velbeck (seherhaft, ohne Regung, wie im Schlummer
verharrend).

Der Jahre fünfzig wandelten und drei
Vorüber, Herr, an deinem Kaisergrabe.

Barbarossa.

Da stritt mein Volk, von meinem Geist geführt,
Die Schlacht vor allen Schlachten! Und vernichtet
Floh, der's in Erz geschlagen und geschnürt,
Von meiner Väter starkem Gott gerichtet.
Und seit ich lebte, Sänger, sprich es aus,
Welch' Jahr ist an der Weltenuhr vollendet?

Velbeck.

Herr, eben hob ihr Riesenpendel aus:
Dein siebentes Jahrhundert ist beendet.
(Fernes Gewittern.)

Barbarossa.

Horch, horch! Es ruft mich: Wirf den Schlum=
                                            mer ab,
Denn deines Volkes Loose sind geschüttelt!
Das ist der Hall, der mein Kyffhäusergrab
Gar oft gestört und oft mich wach gerüttelt;
Der treulich Kunde gab, wenn schwer und groß

Sich ein Geschick an meinem Volk erfüllte;
Mir klagen half des letzten Enkels Loos,
Als Anjou's Haß in seinem Blut sich stillte;
Der mir erzählt, wie Rudolph's heil'ge Macht
Neu meine Welt geordnet und gesichtet,
Und wie des Mainzers Kunst aus Bann und Nacht
Den Geist zur Freiheit und zum Licht geflüchtet.
Dann sah ich staunend vor des Mönches Bau
Den Vatican in seinen Tiefen zittern,
Was unterging auf Lützens blut'ger Au,
Neu blüht' es auf aus Friedrich's Schlachtge-
                      wittern. —
Nun klopft ein neues Schicksal an die Gruft.
Späh' mir hinaus, ob noch die alten Raben
Sich um den Berg her tummeln in der Luft,
Des Schlafes Wächter deß, der hier begraben.

Veldeck (kehrt langsam sein Gesicht dem Lichtstrahle
               entgegen).
Ein seltsam Schauspiel beut sich fern mir dar.
Mit ihren mächt'gen Fängen sich zerschlagend
In Böhmens Au'n seh' ich ein Adlerpaar,
Zwei Kronen der, und eine jener tragend.

Barbarossa (erhebt sich aufgeregt).

Späh' nach der einen! Künde mir's sofort,
Wem sich gesellen will die Siegestaube!
Wo sind die Raben?

Veldeck.

Herr, sie wittern Mord!

Barbarossa.

Den Mord des Lichts, den Mord am freien
Glauben!

Veldeck.

Dem Doppelaar gesellen sie sich zu,
Bei ihrem Herrn den Räuberflug zu üben.

Barbarossa.

Was schreibt ihr Banner? Das vermelde du.
Siehst du nicht Schrift in ihrem Feld geschrieben?

Veldeck.

Mihi Romaeque! schreibt das Südpanier.

Barbarossa (sinkt enttäuscht zurück).

Kein Heil, kein Heil! Wie giftiges Betäuben
Wirkt dieses Wort. Was zeigt das and're dir?

Velded.

Das ganze Deutschland soll es sein und bleiben!

Barbarossa (rafft sich auf).

Herr, laß ihn bringen, was er uns verheißt!

Velded.

Der Nordaar siegt!

Barbarossa (mit erhobenen Händen).

O, diesem Sieg Gedeihen!
Leite sein Herz, denn willig scheint der Geist,
Um meines Reiches Größe zu erneuen.

(Gewaltig.)

Auf, Kämpen Friedrich's, es ist Reitens Zeit!

(Man hört Waffengeklirr im Innern des Berges.)

Mein deutsches Volk, es rief zu manchen Stunden
Nach seiner alten Kaiserherrlichkeit.

Hie Ghibellin! Laßt Schlaf und Traum da unten!

Die Muse (mit Leier und Schwert ist erschienen und
tritt jetzt rasch vorwärts).

Zurück in's Grab, was hier dem Grab entstieg!

(Der Waffenlärm verstummt.)

Mein Volk ist reif, zu kennen seine Bahnen.

Wen eig'ner Muth nicht führen kann zum Sieg,
Verdient nicht, daß er Helden hab' zu Ahnen.

Barbarossa.

Weß Göttermund berührt mein Kaiserohr?
Wie nennst du dich?

Muse.

Ich bin die Mus' in Waffen.
Ich banne dich, sowie ich dich beschwor!
Ich läugne dich, so wie ich dich geschaffen!

(Sie berührt ihn mit dem Schwert. Er sinkt wie bezaubert zurück und entschläft in der anfänglichen Stellung. Auch Welbeck nimmt allmälig die Stellung eines Versteinten wieder an.)

Sei, was du warst, Gebild der Schattenwelt!
Schließ' dich, o Hülle, vor dem Reich der Sage!

(Sie tritt ganz vor und beschreibt mit dem Schwerte eine Bewegung. Der Vorhang fällt langsam.)

Was braucht es ihn, mein Volk? Der beste
                                          Held
Mußt du dir selbst sein in der eig'nen Sache.
Begreift die großen Todten nur! Es mag
Kein and'rer Nutz aus ihrem Grabe steigen.
Hängt nicht dem feigen Kaisertraume nach,
Denn jede Zeit hat ander Maß und Zeichen.
Doch Herz und Seele stärken kann das Bild,

Wie's lebt in euern Sängern und Geschichten.
Zwar ungeübt, doch höchsten Ziels gewillt,
Versuch ich's, den Lebend'gen euch zu dichten.

(Die Muse geht ab.)

Geschrieben am Datum des Waffenstillstandes zwischen
Preußen und Oesterreich 1866.

A. L.

Erster Aufzug.

Das kaiserliche Lager auf den Roncalischen Feldern. — Im linken Winkel des Hintergrundes das kaiserliche Zelt. Rechts der Thron, daneben ein Pfahl mit dem Heerbannschilde. Sechs Lehensmannen der Krone umstehen ihn, Otto von Wittelsbach hält das Reichsbanner. Links auf einem Felsstück sitzt Heinrich von Veldeck, die Harfe auf den Knieen, schlafend. Noch weiter vorn liegt Ranzow, ein sächsischer Landsknecht. Es ist Nacht.

Erste Scene.

Veldeck (im Traum).

Zu Pfingsten war's — in Schwaben. Wißt
                    ihr's nicht?

Ranzow (hebt den Kopf).

Hm? Habt ihr was gesagt, Liedermann?

Velded (fährt unvorsichtig über die Saiten).

Verstimmt! Verstimmt wie ein verschlaf'ner Mann.
Ich will zu Bett. Nun gute Nacht, ihr Herr'n.
(Aendert die Lage.)

Ranzow.

Du könntest auch sagen: Verstimmt wie mein
Schimmel, der kein Haferkorn wiedersah, seit wir
Tirol hinter uns haben. Brr. Das ist Mor=
genluft. Die Sonne muß bald kommen. Und
dabei kein Schluck zu haben unter diesen italie=
nischen Schelmen. Hier sitzt ein sächsischer Lands=
knecht und denkt an eine Kanne Mumme von
Braunschweig, und da drüben rauscht das Po=
wasser spottend vorüber wie des Teufels Ge=
lächter. Nichts wie Foppereien und Nasführen
in diesem Lande. Ich will ihn wecken. Wenn
meine Gedanken so allein bleiben, kann's leicht
kommen, daß ich mich in die Hölle fluche. Herr
Velded!

Velded.

War ich denn eingeschlafen? Wo blieb dein

Herr, der Sachsenherzog, dem ich die Schildwacht
kürzte mit meinen Liedern?

Ranzow.

Dort am Strom wandelt er auf und ab. In
Syrien sah ich einen Löwen, den die Jäger ge=
stellt hatten. Sechs gemeff'ne Fuß hin und sechs Fuß
zurück, so schritt er im Sande und peitschte die
Flanken mit seinem Schweif. Das fällt mir
ein, wenn ich den Herzog dort gehen seh'. Der
wär' auch lieber zu Hause geblieben, da die
wilden Wenden an seiner Grenze toben. Ich
weiß wahrhaftig kaum, wofür wir die deutschen
Häute zu Markt tragen. Ihr seid ja des Kaisers
Liebling, sagt mir doch, was er eigentlich will
in dem Welschland.

Velded.

Was seine Ahnen wollten. Des Reiches An=
sehn herstellen im Lombardenland und sich den
Segen in Rom holen für seine Krone.

Ranzow.

Ist das des Papstes Vorrecht?

Velbeck.

Die Christenheit respectirt sie besser, wenn sie nach Salböl riecht.

Ranzow.

Schau'st du da heraus? Der Papst muß doch immer das letzte Wort haben.

Velbeck.

Das ist das Wehe der Welt, guter Freund. Der Kaiser mischt sich in seine Kirche nicht, wozu muß er immer die Hand haben in des Kaisers Reich? Italien ist ein Schwären am Leib Europa, der ihm die besten Säfte kostet, und das Herz Deutschland büßt es am nächsten.

Ranzow.

Mir kam's immer vor wie ein Kalbsknochen, an dem zwei knurrende Hunde herumzerren.

Velbeck.

Da kommt der Herzog.

Ranzow.

Ich will seh'n, wo ich ein Huhn greife zum Frühstück.

(Ab.)

Zweite Scene.

Heinrich der Löwe (kommt in tiefen Gedanken.
Pause). Velbeck (greift einen leisen Accord,
Heinrich sieht auf).

Velbeck (lächelnd).

Nicht wahr, das hilft? Mir ist ein Mann be=
kannt:
Blast einen Weltbrand um sein stählern Herz,
Was kümmert's ihn; gebt seinem Ohr Musik,
So führt ein Säugling ihn am seid'nen Faden.

Heinrich (legt die Hand auf seine Schulter).

Das weiß der Himmel, Knabe! Du verkürztest
Die Wacht mit deinem Spiel mir, warum gingst
Du nicht zu Bett?

Velbeck.

Des Löwen Unruh' hat
Mich angesteckt.

Heinrich.

Hast du mich lieb?

Velbeck.

Ich weiß nicht.
Ich ahn' etwas in euch, was mehr verlangt

2*

Als schlichte Liebe.   Hausen muß ich zwar
Bei meinem Kaiser, der die Liederkunst
So huldvoll pflegt im deutschen Vaterland,
Doch möcht' ich auch den Löwen nimmer missen,
An dem ich lernen will ein Mann zu werden.

(Faßt rasch seine Hand.)

Nicht wahr, ihr bleibt dem Kaiser treu, ihr werdet
Ihn nie verlassen, Herr?

Heinrich.

                    Was ficht dich an?
Was zäh' sich ankrallt in den tiefsten Tiefen
Der Männerbrust, die leichte Jugend wirft's
Keck in den Wind wie ihre Federbälle.
Wer hat solch kühnlich Fragen dich gelehrt?

Veldeck.

Ich weiß nicht, Herr; wie mir's zu Kopf geschossen.
Verzeiht, ich sag' euch gleichwol, was mich ängstet.
Käm's je dahin, daß sich die Friedensbahnen
Der hellsten Sterne meiner Tage trennten,
Ich lief herum wie ein gespalten Wesen,
Die Hälfte hier, die Hälfte dort.   Und so
Mit mir mein schönes Vaterland.

Heinrich.

Genug.

(Setzt sich auf den Stein)

Sprich dies nicht mehr. Sprich's nie mehr!

Veldeck.

Seht, der Tag

Steigt in das Lager, und die Wacht ist um.

(Die Sonne röthet die Scene.)

Habt guten Morgen, edle Herr'n am Pfahl.

Heinrich.

Sprich sie nicht an. Sie schweigen, bis der Kaiser
Sie selbst erlöst.

Veldeck.

Seltsamer Brauch. Wir sind
Im Land der Marmorbilder. Diese sechs
Vergaß die Zeit zu stürzen. Seht, Herr Herzog,
Wie eherne Hünen steh'n sie regungslos,
Und nur der Wittelsbacher, den sie nennen
Des Heeres Roland, rollt sein feurig Auge,
Und seine Faust, das deutsche Banner haltend,
Kennt keinen Schlaf. Was treibt der Hohenzoller?
Er senkt die traumbeschwerte Stirn, und lauscht

Dem Reichspanier, das ihm zu Häupten weht,
Als raun' es ihm Verheißung künst'gen Glanzes
In sein beschmeichelt Ohr. Doch auf, Herr Herzog,
Laßt euch beim Schilde finden wie die andern
Und wie's der Brauch will von des Reichs Vasallen.

Heinrich (blickt auf).

Vasall?

Velbeck.

Ei, Herr, das seid ihr, wenn ihr auch
Des Kaisers Freund und Better seid. Doch thut,
Wie euch beliebt. Es ist des Löwen Art,
Daß er muß abseit wandeln von den Andern.
Mich schütze Gott und meine liebe Dame!

(Ab.)

Dritte Scene.

Heinrich.

Ich spür' es nah'n! Den Horizont umzieht
Ein fahler Wetterschein und des Geschicks
Sturmfinger klopft an's Sachsenhaus, an's Haus
Der Ghibellinen: ein Kometenpaar,
Das weit geschweift am Nord= und Süderhimmel

Germaniens die stolze Bahn begonnen.
Und bebend sieht die Welt, daß ihre Gleise
Im Scheitelpunkt dies Paar des Grausens werden
Zusammentreiben.   Ob sie friedlich dort
Einander kreuzen?   Ob der Leiber Prall
Die Welt aus ihren Fugen treibt? Wer kündet's?
(Steht auf.)
O Friedrich, Friedrich! Deinen Adler machst
Du heimathlos und jagst auf fremden Gründen
Umsonst, was dir das Vaterland von selbst
So freudig darbringt.   Deine Blicke schweifen
Schon über Mailand und Sicilien,
Ruh'n auf der Pyramide, deren Kuppe
Die gelbe Wüstensonne sengt, und seh'n
Die Palmen Tadmors sich in Ehrfurcht neigen
Der deutschen Krone.   Friedrich, werde wach,
Laß diese Träume, die dein Hirn verwirren,
Dein deutsches Herz vergiften. M a c h e D e u t s ch:
l a n d
In D e u t s ch l a n d groß — und ewig dir
zur Seite
Nach diesem Ziel siehst du den Löwen wandeln.
(Setzt sich wieder.)

Wär's Dank nicht, Kaiser, der mich an dich bände,
Weil du mir Sachsen, meiner Väter Erb',
Zurückgeschenkt und Baiern zugesagt,
Wär's nicht das Erbgut in Toscanien,
Das ich des Papsts Gelüst entreißen muß:
Mich hätt' Italien nie geseh'n! Der Löwe
Von Sachsen krankt in dieser welschen Luft.
Ein neuer Anteus bin ich, der nur lebt
Und seine Kraft fühlt auf der Muttererde,
Doch losgerissen, schwach wird wie ein Kind.
O des unsel'gen Bluts in diesem Hause
Der Hohenstaufen, deren Herrscherhände
Beschatten wollen eine ganze Welt
Und wissen nicht, wo ihre Füße wurzeln.
An diesem Hause, Deutschland, siechst du hin,
Und uns're spät'sten Enkel werden's büßen!

Vierte Scene.
Der Reichsherold erscheint. Vorige.

Herold.
Des Kaisers Majestät verläßt die Pfalz!
(Er blickt auf Heinrich.)

Herzog von Sachsen, thatet ihr die Wacht
Am kaiserlichen Schild?

(Heinrich regt sich nicht.)

'S ist nicht gestattet,

Des Reiches alten Brauch so zu verachten.
Ihr macht's Euch zu bequem. —

Will er nicht hören?

Das ist ein trotz'ger Mann, der noch dem Reich
Zu schaffen macht. — Ich mahn' euch und

verwarn' euch,

Steht bei dem Pfahl!

Heinrich (wendet sich zornig).

Den Pfahl in deine Gurgel!

Kennst du mich nicht, Reichsrabe? (steht auf.)
Der Löw' ist da. Du hast ihn brüllen hören.
Für dich genug. Denn seine Tatzen regt er
Um ander Ding als einen Reichslakaien.

(Der Herold steht verblüfft.)

Fünfte Scene.

Trompeten. Ein Fähnlein Landsknechte mar-
schirt ein und postirt sich im Hintergrund (zwischen
Zelt und Pfahl). Aus dem weiten Zeltthore treten
zwei Herolde, dann die Könige von Böhmen
und Polen, Scepter und Schwert des Kaisers
vorantragend. Dann Kaiser Friedrich im Or-
nat. Zwei Pagen, die Schleppe tragend (u. A.
ad libitum). Alle, außer Friedrich, der allein
in die Mitte der Bühne tritt, gruppiren sich im
Hintergrunde, ohne die Vasallengruppe zu verdecken.
Alle, die schon anwesend waren, auch die Landsknechte, schlagen an die Schilde, wie Friedrich
sichtbar wird.

Friedrich.

Auf den Roncal'schen Feldern, wo die Träger
Der deutschen Krone seit Jahrhunderten
Die erste Rast gemacht, wenn ihre Heere
Herniederstiegen in's ital'sche Land,
Und wo zum Tingtag sie die Städte luden
Der Lombardei, da hat auch uns beliebt,
Zu setzen unf're kaiserliche Pfalz.
Und wie der alte Brauch will, hingen wir
Den Reichsschild auf für alle Lehenträger,

Daran die Wacht zu thun, daß wir erführen,
Wer von den Fürsten, Rittern und Prälaten,
Gehorsam unserm lehnsherrlichen Wink,
Dem Heerbann sei gefolgt mit Mann und Roß.
Wer ausgeblieben und die Reichspflicht
Böswillig uns versagt, der sei gethan
In Acht und Aberacht, und seiner Lehen
Sei er verlustig. Habt nun lieben Dank
Für treue Wacht an eures Kaisers Bett,
Ihr Könige von Böhmen und von Polen.
Habt Dank für treue Wacht am Schild des Reichs,
Ihr edlen Herr'n, die ich des Diensts entbinde.
Nun, Reichesherold, forb're mir die Namen.
(Besteigt den Thron.)

Reichsherold.

Heinrich der Löwe, Herzog aller Sachsen.

Heinrich (kniet).

Stets da, wo Deutschlands Ehre ruft. So weit
Dein treuer Lehnsmann, Kaiser.

Friedrich
(streckt ihm die Hand entgegen).

Auf, mein Held!
(Auf die Krone deutend.)

Dies gold'ne Ding wiegt nicht so viel, daß sie
Die Schaale senken dürft' um einen Zoll,
Wo sich der Heinrich mit dem Friedrich wägt.
(Heinrich steht auf, den Fuß auf der untersten Thron=
stufe, hält er des Kaisers Hand.)
Ich will den F r e u n d im Welfen, — Gott verhüt's,
Daß er im Staufen etwas And'res fände.
(Heinrich tritt in den rechten Vorbergrund, links vom Thron.)

Herold.
Otto von Wittelsbach, Reichsbannermeister.

Wittelsbach
(tritt aus der Gruppe mit dem Banner, kniet).
Stets an den Fersen deines Adlers, Herr,
Und stürmt' er in die Hölle!
(Tritt an den Thron links.)

Herold.
Hohenzollern,
Der schwäbische Burggraf!

Hohenzollern (kniet).
Sieg der Majestät!

Friedrich.
Im schönen Schwaben schau'n sich uns're Burgen
Freundschaftlich Aug' in Auge, jedem Wetter

Zu Troß. So wollen wir's, mein Hohenzollern.
Gedenkst du noch, wie wir als Knaben einst
Gewettet, wer vom heimathlichen Horst
Als Mann den höchsten Flug wol nehmen werde
Hin über deutsche Gau'n? Gedenkst du d'ran?

Hohenzollern.

Die erste Krone ziert dein Haupt, sie ziere
Dein Haus noch lang'. Das Künftige mag' kümmern,
Wen es betrifft. Jetzt dien' ich meinem Kaiser.
(Tritt dem Thron zur Rechten.)

Herold.

Der Herzog Oestreichs und von Zähringen.
(Oestreich und Zähringen knieen und treten dem Thron
zur Rechten.)

Herold.

Der Pfalzgraf bei dem Rhein.

Friedrich.

Wie geht's der kleinen
Erbtochter Agnes, meiner holden Nichte?
Wir haben zu des Reiches Wohl und Nutz
Dem jungen Frankreich ihre Hand bestimmt,
Und sind der Zusag' ihres Vaters sicher.

Beim Rhein.

Bei meinem Schutzpatron, er soll sie haben.

Friedrich.

Bei meinem Kaiserwort! Er muß sie haben.
Erzieh' dein Kind, bis ich die Jungfrau forb're.

(Beim Rhein tritt vom Thron rechts.)

Herold.

Die Erzbischöfe Halberstadt und Bremen.
Der Graf Tirol.

(Tirol kniet und tritt rechts vom Throne.)

Friedrich.

Wie? Bremen fehlt?

Wittelsbach (zu Heinrich).

Daß euch der Pfaff nur nicht
Die Ratte spielt im Welfenhaus, so lang
Der Löwe fern!

Heinrich.

So wahr ich Füchse witt're,
Ich säh' die Weser lieber als den Po.

Friedrich.

So ächt' ich seine Lehn. Die Acht vollziehe.
Der Sachsen Herzog in des Kaisers Namen.

Nun lade Mailand und die Lombardei
Vor mein Gericht.

(Trompeten.)

Herold.

Eröffnet ist der Ting.
Lombarden, klagt, wer klagen will dem Kaiser.

Friedrich.

Wie? Kein Gesandter Mailands? Lad' noch einmal.

(Trompeten.)

Herold.

Der Kaiser ruft.   Wer klagen will, der klage.

Friedrich.

Wer naht?

Sechste Scene.

Vorige. Graf von Montferrat. Die Gesandten von Como, Lodi und Pavia.

Herold.

Graf Montferrat, des Kaisers Vogt.
Die Gesandten Como, Lodi und Pavia.

Montferrat (kniet und steht auf).

Mein großer Lehnsherr, der du mich gesetzt
An deine Statt, daß ich des Kaisers Ehre

Vertreten soll in diesem Land, vernimm:
Ich klage wider Asti und Chieri,
Daß sie zugegen deines Vogts Verbot
Mit Mailand sich verbündet und Gehorsam
Zu weigern wagen deinem Kaiserwort.
Für Lodi klag' ich, Como und Pavia,
Die harten Druck von Mailands Uebermuth
Erfahren haben. Denn die Mauern sind
Geschleift, zerstört der Handel, ihre Bürger
Durch's Land gesiedelt worden mit Gewalt.

Friedrich.

Hochheil'ger Gott, wo will dies Mailand hin?
Seit den Ottonen, unsern großen Ahnen,
Beugt Kaisers Macht ihr das rebellische Haupt,
Und stets, sowie den Rücken wir gewandt,
Hebt es die Stirne frecher gegen uns.

(Trompeten hinter der Scene.)
(Ein Hofbeamter kommt und spricht etwas zum Herold.)

Herold.

Gerardo, Mailands Consul, sucht Gehör.

Friedrich.

Tretet zurück!

(Die Gesandten treten auf die linke Seite.)

Siebente Scene.

Vorige. Gerardo und zwei Mailänder,
beren jeder ein Kistchen trägt.

Gerardo (verbeugt sich).

Erhab'ner Herr!

Friedrich.

Was habt ihr mir zu sagen?

Gerardo.

Von Mailand, deiner kaiserlichen Stadt,
Den ehrerbiet'gen Gruß! Wir wissen wohl,
Daß sich der Bosheit Stimme gegen uns
Zum Ohre des Gebieters eilig drängt,
Der kaum die Mark betrat. D'rum bitten wir
Um gnädiges Gehör, daß, wo dem Kläger
Das Wort erlaubt, auch der Beklagte rede.
Als einst vor sechs Jahrhunderten am Strom
Danubius der König Alboin
Aufstehen hieß die Longobardenvölker
Und neuen Wohnsitz nahm im Land des Po:
Da beugten sich vor uns'rer frischen Kraft
Die morsch geword'nen Reiche der Romanen.
Und wie Vandalen, Gothen, waren wir

Auch eine Wurzel der Germaneneiche,
Die aus dem Leichnam jenes Römerreichs
Gewaltig aufschoß und die Welt beschattet.

Friedrich.

Ihr Herr'n, wär' mir der Burgpfaff hier, der mich
Einst unterwies in der Geschichte Büchern,
Der müßte mir das Lehrgeld wiedergeben.
Nur weiter, Consul!

Gerardo.

Majestät, es ward
Jedwedem Dasein ein Zenith geordnet.
Was einmal stieg, muß nieder. Das bedenk'!
Auch wir erfuhren's. Denn das Glück entnervte
Das Volk des Desiderius, es beugte
Zertrümmert sich dem Scepter deines Ahnen,
Des großen Karl.
Doch als nach ihm die Erben deutscher Krone
Aus eig'ner Schwäch' uns selbst uns überließen,
Daß wir uns rafften von dem tiefen Fall,
Da hatten wir in der Geschichte Zucht
Etwas gelernt; ein neuer kräft'ger Geist
Fing sich zu regen an in diesem Volk.

Erworb'ner Freiheit froh regierten sich
Die Städte selbst nach Roms erhab'nem Muster,
Und kannten keinen Herrn als ihr Gesetz.
Als nun in solcher Freiheit frischem Drang
Verwirrung manches Rechtes war gescheh'n,
Da beugten wir uns gern dem ersten Otto,
Und nahmen ihn zum Ordner uns'rer Dinge.
Seitdem jedoch vermeintet ihr, es habe
Die deutsche Krone Landesherrlichkeit
Am Po für ew'ge Zeiten sich erworben.
Das ist der Irrthum, Kaiser! Kühnlich reb' ich,
Doch reb' ich Wahrheit. Zeig', daß du sie achtest.
Wenn ihr die Sieger war't vor hundert Jahren,
Mit welchem Rechte seid ihr's heut'? Wir sind
Der Freiheit werth geworden und versteh'n
Sie zu behaupten!

Friedrich.

　　　Wehrt sich doch der Knabe
Vor seines Vaters Streichen — warum nicht ihr?
Den schwachen Nachbar drücken, jedes Recht,
Das euer Wachsthum hemmen kann, verlachen,
Nennt ihr der Freiheit würdig sein? Das ist's,

3*

Dies hohle Trugbild ist's, dem ihr zum Opfer
Italien zerfleischt, die blut'ge Saat
Des Zwistes blast bis an des Aetna Fuß.
Frei wollt ihr sein, und könnt euch selbst nicht
                                    lenken?
Die Streiche, die Italien verdient
Von uns'rer Hand, giebt sich's mit eig'ner Faust.
Wer gab euch frei?

              Gerardo.

              Ihr selbst und euer Jammer
Im deutschen Reich, seit Otto stieg zu Grabe.
Ihr wißt zu gut, wie der Vasallen Trotz
Im eig'nen Land euch Händ' und Füße bindet.
Denkt an die Heinrich, die sich bettelten
Bis zu des Papstes Fuß! Wie sollten wir,
Schier aufgegeben vom entfernten Herrn,
Nicht selbst uns helfen?

              Friedrich.

              Ja, ihr werthen Herr'n,
Ihr halft euch selbst, — wie sich der reiche Mann
Noch reicher wuchert an des Armen Noth.
[Wenn sich ein Volk der Tyrannei erwehrt

Und mit des Armes letzter Muskel noch
Den schnöden Peiniger zu Boden wirst,
Das ist ein Anblick, Götteraugen werth.
In diesem Falle seid ihr nicht. Wann war
Ein deutscher Kaiser je Tyrann an euch?]
Wenn ihr die Freiheit liebt, wie reimt ihr es,
Daß ihr sie mißgönnt jeder andern Stadt?
Ihr wollt die Herrschaft, ihr allein, und meint,
Fern sei der Kaiser und der Weg sei weit.
Das ist Rebellion, ist Uebermuth,
Den wir zu beugen wissen! Was verbrach
Euch Como, Lodi, deren rauchende
Ruinen schrei'n zum Himmel? Was Pavia?
Steht Rede, Consul, nennt mir ihre Schuld!

Gerardo.

In Hinsicht eh'mals abgeschlossenen Pacts —

Friedrich.

Gemäß und mit Bezug — zum Teufel, Herr,
Mit eurem Pack von Pacten! Kam ich her,
Daß welsche Phrasendreher so mich narren?
Graf Montferrat, was war der Städte Fehl?

Montferrat.

Ihr blühender Handel, Majestät, erregte,
So schien es, Mailands Eifersucht, denn Como
Ward den Verkehr gezwungen zu verlegen
Aus seiner sichern Burg in's off'ne Feld,
Und seiner Weig'rung folgte Brand und Morden.

Friedrich.

Genug. — Wie kam es, Consul, daß mein Herr
Durch sonnverbrannte, futterarme Felder
Sich schleppen mußte bis zum Rand des Po?
Mailänd'sche waren's, die es führten!

Gerardo.

Herr,

Nicht diese Gegenden. allein — es ist
Das ganze Land, was darbt. Die Jahresernte —

Friedrich.

Ruht hinter Mailands Mauern aufgespeichert.
Verrath und welsche Tücke, wo man anklopft!

Gerardo.

Herr, wir beklagen tief so hartes Wort,
Das uns verkennt.   Wir kamen nicht zu trotzen,

Rechtfertigung war Alles, was wir suchten.
Die Führer sind bestraft, die es vergaßen
Sich deiner kaiserlichen Magazine
Rechtzeitig zu bedienen.   Zum Beweis
Naht Mailand unterwürfig deinem Thron
Und bittet dich, es wolle deine Huld
Entgegennehmen wenigen Ersatz
Für die Beschwer des Heeres, wie die Stadt
Ihn steuern kann aus den beschränkten Mitteln.

(Die beiden Mailänder setzen die Kisten vor den Thron.)

Friedrich.

Was ist's?

Gerardo.

Ein Schmuck der holden Kaiserin
Und vierzigtausend Mark für deine Truppen.

Friedrich (steht auf).

Nun sei's am End'! — Graf Montferrat, ihr sorgt,
Daß dieser Kisten Inhalt sei vertheilt
An die Bewohner der zerstörten Orte. —
Nur vierzigtausend Mark! Nur Diamanten
Von gleichem Werth! Die bettelarme Stadt!
Ihr Pfefferkrämer, die das ew'ge Recht

In Fetzen reißen, Pfennige d'raus zu hökern!
Bestechen wollt ihr mich? Mit gold'ner Salbe
Den Zorn beschmeicheln, der sein Aderbett
So heftig peitscht, daß meine Kaiserkrone
Mir an den Schläfen zittert! Nein, ihr sucht
Verzug der Buße. Weil wir euch so jäh
Sind auf den Hals gerathen, wollt ihr Zeit
Mit Heuchelei gewinnen, bis ihr rüsten
Und uns im Feld bestehen könnt. Ihr seht,
Schreckfarb'ner Consul, eure innersten
Gedanken sind nicht sicher vor dem Kaiser,
So minder euer Thun. Wir sind zu Ende.
Treibt eure Rosse schneller als der Wind
Und kündet Friedrich's Willen eurem Lande.
Die Stadt, die meinem Adler ihre Thore
Nur eine Stunde sperrt, die wird gestürmt.
Und eh' ich Mailands Zinnen seh', will ich
Den Consul seh'n, der ihre Schlüssel mir,
Der mir die Eisenkrone der Lombarden
Entgegen bringt. — Erfahrt's ihr, meine Fürsten,
(Er steigt eine Stufe tiefer.)
Erfahr's Italien, erfahr's die Welt,

Daß wir gewillt sind, uns're Kaisersendung
Bis auf der Schritte letzten zu erfüllen,
Wie sie den Staufen ward von Gott vertraut:
Den Adler deutscher Herrlichkeit zu tragen,
So weit die Sonne scheint, neu aufzurichten
Aus ihrem Sturz die Welt des großen Karl,
Und alle Christenheit des Abendlands
Um e i n e n Urquell aller Macht zu sammeln.
[So wie der heilige Vater ward gesetzt
Zum Herrn der Seelen und des Glaubens Haupt,
So wollen w i r ein Hirte sein der W e l t.
Nicht Einspruch dulden uns'res Regiments,
Wie wir's nicht thun in seins. So unser Wille.

(An die Mailänder.)

Ihr habt des Wirrsals deutschen Reichs gedacht,
Und uns'rer Ahnen Schwäche, die den Trotz
In euch gezeitigt. Sei's, sie waren schwach.
Ihr Leib ist Staub, doch ihre Krone funkelt
Im alten Licht. Verlachtet ihr den Franken:
So spürt den Hohenstaufen! Schlich sich Heinrich
In Lumpen bis zum Papst: so steigt gebietend
In Stahl und Purpur Friedrich von den Alpen!]

Hier nehm' ich mir die Krone von dem Haupt
Und gebe sie dem Braunschweig in die Hut.
So thu' ich ab mein menschliches Erbarmen,

(Heinrich empfängt sie knieend.)

Und eher nicht soll dieses höchste Kleinod
Mich wieder schmücken, bis ich sagen kann:
Auf Mailands Nacken setz' ich meinen Fuß,
Und Mailands Trotz knirrscht unter meiner Faust.
Und find' ich diesmal den Gehorsam nicht,
So werd' ich ihr die stolzen Thürme knicken,
Und Salz und Asche streu'n auf ihre Leiche!

(Er steigt nieder. Allgemeiner Aufbruch).

Heinrich (bleibt knieen, bis die Scene leer ist, auf die
Krone starrend).

Die Kron' in Welfenhand! Sie glüht wie Feuer.
Ihr Glanz ist hektisch wie die blühende Lüge
Auf eines Kranken Angesicht. O könnt' ich
Auf Sturmes Fittig dich in's Weite tragen
Zur holden Heimath, wo dein Strahl gesunde!

(Steht heftig auf.)

Daß eine welsche Mauer doch dem Letzten
Vom Staufenhaus das wilde Haupt zerschellte!

Dann ſtiegſt du an des Löwen ſtarker Hand
Zum Thron der Welt empor, Germania!

(Er will die Krone langſam aufſetzen. So wie ſie
ihn berührt, erſchrickt er und läßt ſie ſinken),

O Friedrich! Friedrich!
Blick' weg von mir, ich trag' ein Kainsmaal,
Geprägt von der unſeligſten der Kronen.
Sie hat mein Hirn verpeſtet mit Verrath,
Und mir im Herzen will der Teufel wohnen.

Ende des erſten Aufzugs

Zweiter Aufzug.

Das Innere des kaiserlichen Zeltes. Den Hintergrund schließt ein Vorhang, der die Breite der Bühne einnimmt und in der Mitte nach beiden Seiten theilbar ist.

Erste Scene.

Friedrich sitzt. Velbeck steht am Fenster.

Velbeck.

Nur Mailands Trümmer seh' ich, hoher Herr,
Der Rauch verschleiert mir die Ebene.

Friedrich.

Blick' weiter rechts, und mehr dem Strome zu.

Velbeck.

Dort, Herr, bedünkt mich, naht ein Reiterhaufe.

Friedrich.

Kennst du die Rüstung nicht?

Velbeck.

Es ist zu fern.
Ein Krieger läßt die andern weit zurück.
Jetzt nimmt er einen Graben. Hei, wie den
Die Lüfte tragen und ein Banner bläht
Sich segelgleich um dies beritt'ne Windschiff.

Friedrich (steht auf).
Das ist der Wittelsbach! Crema ist über!
Komm, lieber Junge, sag' mir, was du wünschest.
Willst eine Ritterburg? Willst eine Harfe,
Mit edlen Steinen ausgelegt? Ich bin
In einer Schenkerlaune.

Velbeck.

Güt'ger Kaiser,
Ich bitt' um Milde für die arme Stadt,
Die deinen Zorn erfuhr.
(Er biegt den Vorhang auseinander und man sieht die
rauchenden Trümmer Mailands.)
Sieh', menschenleer
Sind ihre Straßen, durch die Fensterhöhlen
Der rauchenden Paläste schlägt der Regen,
Und hungernd wimmern Kinder um die Stätte,

Wo ihre Wiege stand.   Ueb' Milde, Herr,
Da du nicht weißt, ob sie der Himmel nicht
Einst üben muß an dir.   Dein Zorngericht
Ist ohne Beispiel auf dem Erdenrund.

Friedrich (finster).

Sprich nicht für Mailand. Meine Gnad' ist aus.
Mir unterwürfig nah'n, Geschenke bieten,
Und doch die Thore sperren, meine Boten
Mit Hohn verjagen und mein braves Heer
Zu einer wüthenden Belag'rung zwingen
Zwölf Monde lang — gedenk' ich's, übermannt
Mein kochend Blut noch die Vernunft. Vertilgt
Von diesem Boden sei die schnöde Stadt.
Ich hab's gelobt.   Sonst ist kein End' zu seh'n
Des wälschen Wirrwars und der deutsche Name
Soll Spatzenvolk, doch keine Männer schrecken.

Velbeck.

Hab' ich den Wunsch noch frei, den du gewährt?
Darf ich um And'res bitten?

Friedrich.

Bitte nur.

Belbeck.

Den Sachsenherzog ruft Gefahr nach Haus.
O Herr, entlaß den treuen Mann.

Friedrich.

Hat er
Zur Fürsprach' einen Liedermann geworben?

Belbeck.

Die braucht er nicht, es spricht sein eig'ner Werth.

Friedrich.

Was mischest du dich in des Reichs Geschäfte?
Wenn deiner Wangen Blüthe sich verzehrte
In erster Liebe stillem Leid, der Mund
Im Schlaf von eines Mägdleins Kusse schwatzte,
Das ständ' dir besser an. Wir werden heut'
Nicht einig, Freund. Doch um nicht ganz zu bleiben
In deiner Schuld, sollst du 'was Neues hören.
Es zieht ein Schiff den Comersee herab,
Bringt uns Besuch vom Schwabenland.

Belbeck.

O Freude!
Von Schwaben, Herr? Ich hol' sie ein. Wer ist's?

Friedrich.

Die Kaiserin, mein liebes Ehgemahl,
Kommt mit Gefolg.

Velbeck.

                    Laßt mich den Ersten sein,
Der seine Fürstin grüßt in diesem Lande.
                    (Ab.)

Zweite Scene.

Lärm braußen. Friedrich schellt. Ein Kämmerer
kommt. Dann Wittelsbach.

Friedrich.

Was für ein Lärm?

Kämmerer.

                    Die Truppen, Herr, entvölkern
Das Lager jubelnd, um den Wittelsbach,
Den Ueberwinder Cremas, zu begrüßen.

Friedrich.

'S ist gut.

Kämmerer.

Ein päpstlicher Legat —

Friedrich.

                    Kann warten.

Der Papst läßt mich nicht schlafen. Ja, den Papst
Mengt ihr in jeden Bissen, den ich esse.

(Otto von Wittelsbach tritt stürmisch auf.)

Weg! Hier ist Bess'res!

(Kämmerer ab.)

Gruß dir, Held von Crema!

Wittelsbach.

Ihr Name für die Chronik: Crema war!

Friedrich.

Ihr hattet Arbeit, hör' ich.

Wittelsbach.

Herr, ich hab'
Kein Weib der Erd' in Liebe noch berührt.
Doch müßt' ich frei'n, so freit' ich mir Bellonen,
Die sich die Locke salbt mit Völkerblut
Und deren Auge glüht wie Städtebrand.
Mein trautes Handwerk ist ein fröhlich Kämpfen.
Doch solch ein mörd'risch Würgen möcht' ich nie,
Nie mehr erleben wie den Fall von Crema.
Das war kein Menschenkampf, das war, wie wenn
Sich Tiger übertigern —

A. Lindner, Stauf und Welf. 1

Friedrich.

Meine Truppen?

Wittelsbach (zögernd).

Sechstausend ruh'n, um nimmer aufzusteh'n.

(Friedrich wendet sich.)

Herr, preßt den heißen ungeheuren Schmerz
Nicht stumm hinab —

Friedrich.

Geduld! Das zahlt mir Mailand.

Wittelsbach.

Ich such' umsonst am Himmel ihre Thürme.

(Nach dem Fenster deutend.)

Und seht, aus Schutt und Trümmern windet sich
Ein Klagezug daher.   Was soll's bedeuten?

Friedrich.

Gericht bis zur Vernichtung! Eher nicht
Will ich den Sieg zum fernen Süden tragen,
Bis ich den Rücken sicher weiß und hier
Kein Stein am andern blieb. Ruft meine Großen!
Umgeben von der Krone Glanz, so will ich
Empfangen Mailands reuevolle Boten.

(Wittelsbach ab.)

Friedrich.

Wie die Lawine wächst es vor mir her.
Ich, der in's Land des Friedens will, ich wühle
Durch einen Wall mich, der das Ziel umgürtet,
Und bin ich durch, so seh' ich staunend, daß sich
Ein zweiter größ'rer thürmt, der mir entgangen.
[Ein altes Märchen wohnt in unserm Haus.
Und hätt' es Recht, so wär' ein Stauf verflucht
Den Sieg zu brechen, wo er naht, doch nie
Den Sieg zu kosten.   Hätt' das Märchen Recht,
So spielten wir den unglückfel'gen Arzt,
Der in dem Pesthaus kranke Schaaren heilt
Und schluckt zum Dank der Seuche tödtlich Gift.]
Lombardenland ist ruhig.   Ei so zieh'
Nach Hause, Kaiser! hast du mehr gewollt?
Das darf ich nicht, Papst Hadrian ist alt.
Die Wahl ist nah', und diese meine Hand
Muß selbst sie lenken auf den rechten Mann.
Sonst gute Nacht, o Ansehn deutscher Krone.
Sicilien brauch ich auch.   Von Nord und Süd
Leg' ich der Kirch' aus deutschen Eisenreitern
Ein Halsband um.Sonst wird kein Fried' auf Erden.

4*

Und ist's gescheh'n, wird Friede sein? Der Türk'
Sitzt mir in Malta auf dem Hals. Herr Gott,
Wo ist das Ende dieser blut'gen Kette?

Dritte Scene.

Friedrich. Heinrich der Löwe ist seit einiger
Zeit eingetreten.

Heinrich d. L.

Im Grab des letzten Staufen.

Friedrich.

Wer bestellte
Den Welf zum Schicksalsraben meines Hauses?

Heinrich d. L.

Derselbe Gott, der ihn zum Freund bestellte.
Zum ersten Mal seit langer wüster Zeit
Erblickt die Welt aufathmend uns'rer Häuser
Unsel'gen Zwist versöhnt in einem Weibe,
Das eines Welfen Schwester, eine Mutter
Des Staufen war.   Bist du dem Winke taub?
Ich sage dir: Wer seine Zeit verkennt,
Der kann ihr Herr nicht werden.

Friedrich.

Und wie weit
Läuft dieser Reim, der mir zu Ohren summte,
Seit du bei Augsburg zu dem Heribann
Gestoßen bist? Was ist die Zeit? Die Zeit
Heißt Stauf und Papst. Drum bitt' ich, kein Versuch,
Von meinen Zielen mich hinweg zu drängen.
Mir ist bekannt, daß du den wälschen Kampf
Mit scheelem Aug' betrachtest, weil er Zeit
Und Menschen kost' ohn' Vorthel für das Reich.
Ist das die Meinung nicht?

Heinrich d. L.

Noch mehr wie dies.
Vom Osterlande droht der Obotrit.
In Brandenburg geberdet sich der Bär,
Als wär' kein Kaiser da.

Friedrich.

Das alte Lied!
Hab' ich den stärkern Feind erst unter mir,
So wird der klein're sich so schneller fügen.

Heinrich d. L.

Mißachtung stärkt den Gegner.

Friedrich.

                                   So verstärkt
Er seine Züchtigung.

                    Heinrich d. L.

                              Bei meiner Ehre,
Ich möchte keinen meiner Diener richten,
Der, seines Werths bewußt, einmal versucht
Der Herr zu sein, wo kein Gebieter redet.
Verständest du des deutschen Volkes Herz,
So wär'st du stolz auf solchen kräft'gen Trotz.
Du wär'st, bei'm Himmel, lieber stolz darauf,
Ein Herr zu sein unbändiger Rebellen,
Als schläfrig feigen Knechten zu gebieten!

                    Friedrich.
Willst du Rebellenthun vertheidigen?

                    Heinrich d. L.
Entschuldigen will ich. Denn ich muß die Kraft
In jedem Ausbruch achten. Binde sie,
So brauchst du die entbundene nicht zu strafen.
Zeig' ihr den Herrn, sie wird die Pflichten kennen.

                    Friedrich.
Den zeig' ich ihr, wenn ich der Welt ihn zeige.

Der kleine Gegner spieg'le sein Geschick
.In Mailands Fall. Ich lasse meinen Deutschen
Zur Buße Zeit, um endlich klug zu werden,
Weil ich so blut'ge Preb'ger ihm besorge.
Hab' ich das Haus von außen erst gesichert,
So ordnet sich das innere von selbst.

Heinrich b. L.

O Herzensfriedrich, wer ein Mann sich fühlt,
Der braucht nur ein Geviertfuß dieser Erde,
Auf dem er steh', um eine Welt zu lenken.
Je enger Glut sich sammelt in sich selbst,
So weiter wirkt sie wärmend in den Räumen.
Fuß' du auf Deutschland, und die Welt ist dein!

Friedrich (den Kopf wiegend).

Ich will's bedenken, was der Welfe meint.
Nur meine Sache mit der Kirche laßt
Mich erst zu Ende fechten. Denn am besten
Treff' ich die Feindin, wo ihr Kopf zu finden.

Heinrich b. L. (prüfend).

Und dann der Normann und Sicilien.

Friedrich.

Ja, das ist äußerst wichtig, Heinz. Im Norden

Die Lombardei, mein Erbland dort im Süden:
So faß' ich Rom in meines Willens Zange.

Heinrich d. L.

Vergiß den Sarazenen nicht, Egypten —

Friedrich.

Das später, wenn ich fertig mit dem Papst.

Heinrich d. L.

Und mich bedacht hab', was der Welfe meint.

Friedrich (wendet sich, sieht ihn groß an).

Da lief der Kopf mir mit dem Staufen durch.
Du willst nach Sachsen, hör' ich?

Heinrich d. L.

Einen Boten

Erhielt ich, der Gefahr mir meldete.
Der Bremer Bischof rüstet und verführt
Zum Abfall mir die Großen meines Landes,
Und drohend steh'n am Elbestrom die Wenden.

Friedrich (ohne ihn anzusehen).

Ich kann dich nicht entbehren.

Heinrich d. L.

Mailand fiel —

Friedrich.

Dank deinen Sachsen, ja, ich weiß, ich weiß.

Heinrich d. L.

Schmach dir, der meine Wange zwingt zur
                                    Scham
Und meinen Mund zum Prahlen! Ja, es fiel.
Such' ich die bravsten meiner Krieger heut',
So find' ich sie als Leichen unter Trümmern.
Was sonst noch in Italien zu thun,
Bedarf so großer Heere nicht. Ich bitte
Um Urlaub, Friedrich.

Friedrich.

        Crema wie Tortona
Verschlingen meine Völker und bedürfen
Der starken Wacht. Frag' später mich darum.

Heinrich d. L.

Wann? Kaiser, wann?

Friedrich.

        Du reizest mich. Ich bin
Kein Ambos für den Hammer deiner Fragen.

Heinrich d. L. (greift an's Schwert, funkelnden Auges,
aber ruhig und fest).

Mein Land bedarf mich, meine Völker rufen.
Ich bitt' um Urlaub!
(Friedrich tritt zurück, legt die Hand an's Schwert, Beide
sehen sich drohend an.)

Friedrich.

Ha — wie das?

Heinrich d. L. (außer sich).

Mein Kopf!
Den Teufel spür' ich, der das Hirn verpestet!
(Ruft laut.)
He, Kaiserwache!
Herbei, werft einen Herzog in die Ketten!
Hier ist Verrath im Werk. Hinab mit dir,
Mein heißer Stolz, in's Höllennest der Brust!
Was ich gebändigt oft und gut: ich will's
Auch heut' noch bändigen und werfe dir
Mein Herzogthum zu Füßen —
(Wirft sein Schwert hin.)
Heb' es auf,
Gieb mir's noch einmal, wie du's einst gegeben.
Lehr' dem Rebellen, was ich dir verdanke. —
Unsel'ger Mann, das ist nicht gut, nicht gut!

Friedrich (tritt näher).

Das Kaiserblut ist unser Erbgeschenk.

Dummdreist nenn' ich den Zufall, der dies Blut

Geimpft auf zwei gleichzeitige Geschlechter.

Wir waren alte Werber um die Krone

Seit Väter Zeit, ein Stauf der glückliche,

Der die bedenklich schöne Braut gewonnen.

(Langsam.)

Der Heinrich aber meint es doch wol ehrlich,

Wenn er des Kaisers ruhelosen Adler

Zum deutschen Horste lockt.   Der Heinrich,

mein' ich,

Ist doch wol kein Verräther!

Heinrich d. L.

Laß die Hand

Vom Teufel, der da schlummert! Unterm Mond

Giebt's Dinge, Friedrich, die so ausgemacht

Sind wie das Tagslicht, und trotz alledem

So wunder Art, daß sie das leiseste

Berühren einer Zunge nicht vertragen.

Sind sie genannt, so sind sie! Rolle du

Dein Kaiseraug' so zornig wie du willst:

Noch schreckt den Löwen das Gesetz, das ihm
Im Herzen wohnt, nicht du!
Wenn mir's beliebt, gründ' ich den Welfenthron
Im Schooße Deutschlands, dehne meinen Scepter
Vom Frankenwald bis an die Königsau
Und ausgespielt wär' deine Kaiserposse!
Sei deß versichert!

(Tritt bewegt an ihn.)

Als die Fürsten dich
Zu Frankfurt kürten, trat ein Mann zu dir,
Nicht der Geringsten Einer in dem Reich.
Der küßte dich und sagte: „Sei mein Bruder!
Um Deutschland sei's, der Mütter edelste,
Die je geboren." Dieser Bruderkuß
Ist längst verglüht, seit du das feile Weib
Italia umbuhlst. Geh' deinen Gang!
Der Löwe kann dir folgen wie ein Hund,
Doch ihn als Freund versteh'n — das kannst
                                        du nicht.

(Will gehen.)

Friedrich.

Herzog von Sachsen!

(Heinrich bleibt stehen und sieht ihn an.)

Nimm dein Gewaffen auf. Der Kaiser will's!
(Heinrich regt sich nicht.)
Heinrich! (Heftiger.)
Ich laß dich nicht, du hätteft mich denn lieb.
Ich steh' allein im hallenden Gewölb'
Der Kaisermacht. Allein in meiner Höh'.
Wie Einer, der im Nebel oben sitzt
Und greift in fröstelnder Verlassenheit
In's Thal hinab nach einer Menschennähe,
So faßt' ich Heinrich's warme Hand noch stets
Zuerst, wenn ich vom Throne niedergriff,
Ein menschlich fühlend Wesen zu ertasten.
Du bist der ält're (übergiebt ihm sein Schwert) —
                          gieb von deinem Rath.
Der Stärk're bist du — gieb von deinem Erz!

       H e i n r i c h d. L. (tritt näher).
'S ist um das Staufenherz ein eigen Ding:
Ein flüssiger Stahl und eine eherne See,
Trommete bald, bald eine Dichterharfe.
Zwei Wesen streiten heftig sich in dir,
Und weil ich nicht verzweifl' an deinem beffern,
Geb' ich den Freund nicht auf. Doch Eins vernimm:

Auch Freundespflicht hat eine Mark! Und
brüber
Hinaus wird sie zur Sünde. Opferst du
Das Heil von Deutschland deinem Kaisertraum,
So opferst du den Löwen!
Weshalb die Welt mir diesen Namen gab —
Wol möglich, daß du's weißt. Doch hör's noch
einmal.

(Stützt sich auf's Schwert.)

Zum heil'gen Lande wallt' ich, anzubeten
Wie alle Gläub'gen an der Stätte Christs.
Und als ich zog die Syrerwüst' hinab
Auf meiner Wegefahrt gen Askalon,
Traf ich an schmuß'ger Lach' ein Löwenthier
Von einer Schlang' umklammert, deren Kopf
Sich hochher senkte mit dem gift'gen Zahn
Zur dampfenden Nüster jenes brüllenden
Gewilds. Da jammerte mich herzlich sein.
Und rasch mit einem Schwerthieb trennt' ich Rumpf
Und Kopf des Drachen. Dankbar folgte mir
Das Thier bis an das Meer gleich einem Hund.
Und da der Schiffsmann es verweigerte

An Bord zu nehmen, ließ ich's an dem Strand.
Zwar schwamm's wol eine Weil dem Schiffe nach,
Doch kehrt' es endlich traurig nach dem Lande.

(Sieht Friedrich an.)

Ein Pilger, der vom selb'gen Hafen kam,
Hat mir erzählt, was aus dem Thier geworden.

Friedrich.

Kenn' ich des Löwen edle Art, so barg
Er sich im Grame des verschmähten Danks
Weit in die Wüste, fraß nicht mehr und starb!

Heinrich d. L. (ruhig, aber bedeutsam).

Das that er nicht, der so bedankte Löwe!
Das Thier ward rasend, fiel die Dörfer an,
Und blieb noch lang ein Schrecken seiner Heimath.
Da nahm des Lands Emir sein Kriegesvolk
Und hat — mit Keul' und Knüttel ihn erschlagen!

(Tritt durch den Vorhang.)

Friedrich (blickt unruhig nach).

Das klang wie Drohung. Deine Löwenmär
Versteh ich wohl. Sie hat mein Herz vergiftet.
Du sollst mir nicht nach Sachsen; nicht allein!
Und nur in deines Kaisers Nähe selbst

Bist du gefahrlos. Eines ist mir klar:
Und wär' ich Herr der Welt — es bliebe mir
Der letzte Kampf gespart nicht mit dem Welfen.
Das Reich erträgt zwei Männer nicht wie wir.
Wo Lieb' erlahmt, muß Blut und Eisen helfen.

Vierte Scene.

Friedrich. Ein Kämmerer mit einem Schreiben.

Kämmerer.

Ein Bot' aus Worms!

Friedrich.

   Was giebt's am Rheingeländ?
(Erbricht's, dann heftig.)
Junker und Pfaff! Der Wurmfraß in der Eiche
Germania! — Den Hohenzollern! Schnell!
(Kämmerer ab.)
Sie ärgern mich, bis ich mit Eisenruthen
Die zänk'schen Herrlein aus dem Reiche fege.
Wie Felsenblöck' an meinen Fersen schlepp' ich
Dies heim'sche Leid durch meine Siegerbahnen.
Hin und zurück, so lebt der Stauf. Bald Büttel
Im deutschen Reich, bald Weltenüberwinder.
(Hohenzollern kommt.)

Graf, nach dem Rheingau fend' ich dich. Dort liegt
Der Mainzer Stuhl mit feinen wüften Grafen
Im Handgemeng'. Die Zeit ift auf der Flucht,
Und läng'res Fernfein von Italien
Mir nicht vergönnt, fo fürcht' ich. Um fo kürzer
Und blut'ger will ich rechnen dort in Worms,
Wohin du fchleunigft mir des Reiches Tag
Berufen follft. Ich folge morgen felbft.

Hohernzollern (fragend).

Die Kaiferin ift auf dem Weg zu euch.

Friedrich.

So kehrt fie, wie fie kam. Beeil' dich, Graf!
(Hohenzollern ab. Friedrich fchellt, der Kämmerer kommt.)
Der päpftliche Legat!

Kämmerer.
Er ift zur Stelle.

Friedrich (fetzt die Krone auf, die auf dem Tifch lag).
Oeffne die Pfalz!

(Der Kämmerer zieht den Vorhang nach rechts und links
auseinander und geht ab: man fieht im Hintergrund Mailands rauchende Trümmer. Die Großen des Reichs in
angemeffener Gruppirung, Heinrich der Löwe unter
ihnen, anfangs theilnahmlos. Wittelsbach ziemlich in

der Nähe des Raums, der das Innere des Zeltes bildete.
Der Cardinal Alexander kommt vom Hintergrund her.
Friedrich erwartet ihn.)

Fünfte Scene.

Friedrich.

Fürst Cardinal Alexander?

Alexander.

Uns'rer heil'gen
Katholischen Kirche treuergebener Knecht.

Friedrich.

Und ich des Reiches treuergebener Herr.
Nun weiß ein Jeder, was zu halten sei
Vom Andern.   Was entbietet mir der Papst
Auf mein Gesuch, daß er die Krönung mir
Und apostol'schen Segen nicht versage?
Fürstcardinal, erfahrt, bevor ihr redet,
Daß es mein ernster Wille ist, den Frieden
Zu unterhandeln mit dem Stuhl von Rom,
Und eurer Ford'rung Alles zu bewill'gen,
Was sonst verträglich mit des Reiches Würde.

Alexander.

Man handelt nicht mit Petri Stuhl. Es duldet

Die Heiligkeit der Kirche keinen Schacher
Um ihre Rechte. Ungedeutelt muß
Ihr Wille bleiben, er ist Gottes Wille.
Denn über alle Weltlichkeit erhöht
Steht Christi Reich, und keines Kaisers Haupt,
Wie hoch er steh', reicht an die letzte Stufe.

Friedrich.

Sein Reich ist nicht von dieser Welt. Ich weiß!
Wie kommt's, daß seine „treuergebenen Knechte"
So wüthig hadern dürfen um die Welt
Und weltlich Anseh'n? Fordern und Befehlen,
Das könnt' ihr gut und Keiner kann's euch
wehren.
Wenn ich ein weltlich Recht verfechten will,
Nehm' ich mein Schwert, es nimmt der Feind das
seine,
Und so entscheiden wir's mit lust'gen Hieben.
Ihr zieht die Stola über'n Kopf und sagt:
„Die Kirche will's!" Nun greif' euch Einer an!
Habt ihr noch mehr dergleichen Lectionen
In eurem Creditiv, nehmt's für gesprochen
Und kommt zur Sache. Was verlangt der Papst?

Alexander.

Daß du die Freiheit, die die Herrschbegier
Der deutschen Krone den Lombardenstädten
Entrissen hat, zurückeschenkst und helfest,
Was deine Siegerfaust zu Boden riß,
Zu neuer Blüthe zeitigen.

Friedrich.

Nicht übel!
Ein Bollwerk sein soll euch die Lombardei,
An dem des Kaisers beste Kraft zersplittert,
Eh' er ein Wörtlein reden kann mit euch.
Ihr hört's doch, edle Herr'n? Des Friedens
Blume
Uns zu erobern, drangen wir durch Flammen
Von zwanzig Städten, über Leichenberge,
Durch Seen von Blut — da naht mit freundlichem
Gesicht ein Mönchlein, spricht: „Gebt mir die
Blume!"
Und zupft sie lächelnd, wie die deutsche Dirn':
„Er liebt mich, liebt mich nicht!"

Wittelsbach.

Das letzte trifft.

Laßt ihn zu Ende fordern, Herr. Ihr nehmt's
Zu ernst. Sie haben Carneval in Rom.

Alexander.

Dich kenn' ich nicht, und hör' nicht, was du
                                        sagst.

Wittelsbach.

Daß dich die Pest!
(Der Zug der Mailänder erscheint, Gerardo voran,
dann Mönche mit Rauchfässern. Viele Edle, denen
Schwerter am Nacken hängen, eine Menge zerlumpter
Bürger, mit Stricken um den Hals. Friedrich thut, als
bemerke er sie nicht.)

Alexander.

            Barmherz'ger Gott, was ist das?
Hast du die Noth in grausenhaftester
Gestalt geladen, um der Kaiserlust
Schauspiel zu geben?

Gerardo, (kniet mit Allen).

            Gnade für die Stadt!

Friedrich.

Die zweite Forderung, Cardinal!

Alexander.

            Es hat

Ein Ketzer, Arnold Brescia — verflucht
Sei sein Gedächtniß! — sich in beinen Schutz
Geflüchtet —

Friedrich.

Arnold?

So heißt er, denk' ich. Was der Mann bedeute,
Versteh' ich nicht, doch ein Verfolgter schien's.
Ich gab mein Wort, daß ich ihn schützen wolle.

Alexander.

Und dennoch muß er ausgeliefert sein
Und büßen seine Sünd' im Feuertod,
Weil er den Heiligen des Herrn gelästert.

Friedrich.

Was ist des Mannes Schuld?

Alexander.

Die greulichste —

Friedrich.

Ihr seid Partei und schweigt hier, Cardinal!
Wer giebt mir Auskunft?

Montferrat.

Herr, das kann ich wohl.
Denn meiner Obhut ward er übergeben.

Er meint, daß aller weltliche Besitz
Vom Himmel abzög' und dem Teufel biene.
[Rom sei ein Zeugniß dessen. Wie Gomorrha
Ein koth'ger Pfuhl von Lastern, wo die Diener
Der heil'gen Kirche sich behaglich wälzen,
Daß ihres Lebens sodomit'sche Greu'l
Zum Himmel stinken.] D'rum behauptet er
Auf Grund der Schrift, daß weltlich Gut und
                                        Reich
Zu haben nicht verstattet sei dem Clerus.

Friedrich.
Bei meinem Rothbart, mir behagt der Mann!

Alexander.
Fluch und Verdammniß diesem Sohn der Hölle!
Fluch jedem, der ihn schützt.

Friedrich.
                        Bemüht euch nicht!
Was kümmert mich der Pfaffen Zank.
(Heinrich der Löwe wird aufmerksam.)
                                    Es muß
Dem Heil des Ganzen sich Besond'res opfern,

Und liegt kein anderer Stein des Hindernisses
Mehr zwischen uns —

Heinrich.

Thu's nicht!

Friedrich.

Wer redet hier
Sich um den Kopf?

Heinrich.

Denk' an dein Kaiserwort!
Du giebst das Lamm den Wölfen preis. Der Mann
Trägt eine Fackel, die am reinen Strahl
Des Himmels sich entzündete. Das wissen
Die wüth'gen Priester, deren Hand nur noch
Ein schmutz'ges Talglicht schwingt, nicht mehr die
Flamme,
Wie unser Herr und Meister sie getragen!

Alexander (entsetzt).

Herr, halte deine Hand hier über mir,
Bin ich ein Daniel in der Löwengrube?

Friedrich.

Bei meinem Zorn, ich will nicht länger dulden,
Daß mir ein Welf soll immerdar vertreten

Den Kaiserpfad.   Ihr, Cardinal, erhaltet
Den Brescianer!

Heinrich.

Also wende denn
Sich alles Reine, Herrliche von dir,
Wie du von diesem Heiligen dich wendest!
Des Welfen Reim, der dir von Augsburg her
Zu Ohren klang, vernimm ihn dort und hie,
Und wenn du klug bist, lehr' ihn deinen Erben.
Wer seine Zeit verkennt, beherrscht sie nie,
Doch Gott verblendet, wen er will verderben!
(Ab.)

Friedrich.

Mein Thun auf meinen Kopf!

Graf Montferrat
Folgt ihm und sagt, bewilligt sei der Urlaub
Nach Sachsen ihm, denn morgen folg' ich selbst.
(Montferrat ab. Zu Alexander.)
Und weiter denn in eurem Wunschregister.

Alexander.

So fordr' ich feierliche Rechenschaft
Vom Loose Mailands!

Friedrich.

Ei, bie könnt ihr haben,
Weil ich sie auch zufällig ohne euch
Gegeben hätt'.

(Er wendet sich an die Knieenden.)

Mailänder, euer Wille?

Gerardo.

Herr, uns'res Elends Maß ist übervoll,
Und mehren kann's kein Mensch, du selber nicht.
Du hast nichts mehr zu geben als die Gnade.

Friedrich.

Die sollt ihr haben. Eure Bürger tragen
Am Hals das Schwert, das sie enthaupten sollte,
Am Hals den Strick, mit dem sie hängen
                                    müßten.
Ist das der Gnade nicht genug? Sodann
Sollt ihr mir büßen mit neuntausend Mark,
Dreihundert Geißeln aus den edelsten
Geschlechtern stellen. Eure Mauern bleiben
Geschleift, die Pflugschar führ' ich d'rüber weg,
Und säe Salz und Asch' in ihre Furchen.
Die Hälfte der Bewohner siedelt sich

In Como an und Lodi, und ihr Alle
Schwört mir den Eid der ew'gen Huldigung.

Die Mönche.

Miserere, miserere!

Gerardo (die Hände mit Allen ihm zustreckend).

Herr, solch unmenschliches Beginnen kann
Dein Ernst nicht sein!

Alexander (hebt das Crucifix)

Im Namen meines Herrn!

Dich, der sich selbst in seiner Wuth verliert,
Dich, wilder Kaiser, ruf' ich an dich selbst,
Und an das Gottestheil, das du erwürgst
In deiner Seele!

Friedrich (zu den Mailändern).

Fort mit euch!

Alexander.

Du schaltest,

Als wär' kein Gott im Himmel und auf Erden.
Kraft meines Kirchenamtes aber bind' ich
Die frechen Hände dir und ford're, ford're,
Daß du den heiligen Vater anerkennst
Als Oberlehnherrn aller Erdenkronen!

Wittelsbach.

Was? Ist der Pfaff betrunken?

Friedrich (zu den Mailändern).

Ihr, hinweg!

(Alle erheben sich, der Zug geht ab, während die Mönche
das Miserere anstimmen.)

Alexander (lauter).

Was ist der Kaiser? Ueber ihm steht Gott,
D'rum auch der Papst, der Gottes Stellvertreter.
Sowie der Mond nur durch die Sonne leuchtet,
So borgt die Krone nur den Glanz von uns,
Der dich mit Hochmuth schwellt —

Friedrich.

Sieh', Carbinal,
Den Großen meines Reiches steigt der Zorn
In's Heldenaug', und deine Priesterkutte
Schützt nicht so unbedingt. Mich fürchte nicht;
Denn heiter wird mein Herz von deinem Grimm,
Du redest Unsinn, Mensch, den ich belächle.

Alexander.

Herab mit deinem Prunk in Christi Namen!
Du trägst des Papstes Benefiz —

Wittelsbach.

Was trägt
Die Majestät? Ist kein Gelehrter da,
Der mir's verdeutscht?

Friedrich.

Er meint des Papstes Lehn.

Wittelsbach.

Die Kron' ein Lehn? Das Benefiz, du Hund,
In deinen Bauch! Du hast dich todt geschwaßt.
(Dringt mit dem Schwert auf ihn ein.)

Alexander (hebt das Crucifix).

Mein Heil in Christ! Mir winkt die Marterkrone.

Friedrich (wehrt dem Wittelsbach).

Wer Schwerter zieht, soll sterben durch das Schwert.
(Fanfare hinter der Scene.)

Wer naht?
(Velbeck kommt.)
Ha Velbeck! Meine Kaiserin —

Velbeck.

Ja, ja, sie kommt, o theurer Herr, geleitet
Vom Grafen Andechs.

Alexander (in der Linken das Kreuz, mit der Rechten
eine Rolle ziehend).

           Absalon von Staufen,
Der du der Kirche, deiner heil'gen Mutter,
Gehorsam weigerst und verruchten Hohn
Ihr spei'st in's Angesicht — in Papstes Namen
Werf' ich den Bannstrahl auf dein Frevlerhaupt!
[Verdorren soll die Zunge dir im Mund,
Des Herren Finger lähmen dein Gebein,
Zur warnenden Bedeutung für die Welt,
Daß du, ein räub'ges Glied gestoßen bist
Aus Christi Reich und kirchlicher Gemeinschaft.]
Also verflucht und ausgestoßen auch
Sei jeder And're, der dir folgt und dient.
Und so gebannt —

Sechste Scene.

Die Kaiserin Beatrix, geführt vom Grafen
Anbechs. Hinter ihr Gefolge von Rittern und
Damen. Vorige.

       Friedrich (frei und heiter).
           Von der holdseligsten
Der Frau'n! gebannt vom Zauber meiner Liebe!

Du haſt die Hölle mir heraufgeflucht,
Auf daß der Himmel mir herniederſtiege.
Beatrix!

Beatrix.

Friedrich!

Alexander.

Sei verflucht!

Friedrich (ihr entgegengehend).

Geſegnet!

Denn ſieh', mir nah't die Krone meiner Siege!
(Der Cardinal, ſich zum Abgang anſchickend, ſtreckt den
Arm drohend gegen die Gruppe.)

Ende des zweiten Aufzugs.

Dritter Aufzug.

Im Hof zu Braunschweig. Hinten das Schloß, zu dem eine Treppe führt.

Erste Scene.

Mathilbis steigt eben die Treppe herab. Prinz Heinrich steht unten im Hof und blickt durch eine Schießscharte. Dann Ranzow.

Prinz Heinrich.

Es ist ein braunschweigischer Reiter, meine gnädige Mutter.

(Der Thürmer bläst.)

Und da bläst schon der Thürmer, der Besuch gilt uns.

(Ranzow kommt.)

Ranzow? Was machst du in Braunschweig?

Ranzow.

Grüß' Gott, Sachsenburg. Grüß' euch Gott, gnädige Frau!

(Beugt ein Knie vor ihr.)

Mathildis.

Wo ist mein Gemahl? Wie steht's im Felde?

Ranzow.

Wir haben gesiegt bei Demmin. Der Herzog hat Wenden- und Obotritenland unterworfen.

Prinz Heinrich (stampft).

Und ich — habe Hasen gejagt.

Mathildis.

Der Bremer Bischof —?

Ranzow.

Ei, dem nahmen wir seine Lehen und beschränkten sein Gebiet auf Bremen.

Prinz Heinrich.

Wir! Der Ranzow war auch dabei!

Ranzow.

Allerdings.

Prinz Heinrich.

Und darauf habt ihr die Heiden bekehrt.

Ranzow.

Nein, Prinz, dazu schickten wir einen Bischof in's Pommernland.

Prinz Heinrich.

Was der Ranzow nicht Alles that!

Ranzow.

Der Herzog, mein Prinz, der Herzog. Ich hab' euch zu melden, gnädige Frau, daß ihr ben Herzog nicht zu erwarten habt. Der Kaiser hat ihn zu einer Zwiesprach nach Tirol beschieden.

Mathildis.

Der Kaiser? Hält der Kaiser nicht Gaugericht an den Rheinufern?

Ranzow.

Damit ist er zu End'. Ihr wißt, wie er wiederkehrte als Sieger Mailands. Er war freilich im Kirchenbann, aber das hinderte nicht, daß er den gewaltigen Herrn spielte in seinen Landen. Die kleinen Vasallen duckten geschwind unter, wie die Vögel vor'm Sturm. Hei, wie er die Buschklepper und Raubritter zu Paaren

trieb; alle Meilen weit so ein langfing'riger
Junker am Galgen baumelnd.

Mathildis.

Was schafft der Kaiser zum dritten Mal in
Italien?

Ranzow.

Sein Grab, gnädige Frau. Schläge sind für
dies Mailand ein wahrer Gewitterregen, es
wächst prächtig davon. Sie haben eben die Zeit
benutzt und stehen wieder gerüstet in voller Kriegs-
macht. Da ließ der Kaiser seinen Reichstag im
Stich und stieg in größter Eil' über die Alpen.
Wir hatten an der Ostsee zu thun, da kommt
der Befehl, daß der Herzog zum Heerbann stoße.
Ich sah's, wie sich des Löwen Stirne furchte
bei dieser Nachricht. Er sah nicht aus, als ob
er Lust hätte, des Kaisers Karren noch einmal
aus dem welschen Kothe zu ziehen.

Mathildis.

Daß ich dem Sturm anvertrauen könnte, was
ich dem Löwen zu sagen hätt'!

6*

Ranzow.

Gnädiger Prinz, möchtet ihr euch nicht endlich eure Sporen verdienen?

Prinz Heinrich.

Das weiß Gott!

Ranzow.

So bringt eure Rechnung mit dem Waffenschmied in Ordnung, das rath' ich euch. Sobald der Herzog zurück ist, wird er den Cölner zum Kriegstanze laden.

Prinz Heinrich.

Was geht das mich an? Ich muß daheim bleiben und Hühner füttern.

Ranzow.

Weiß nicht. Kauft eurem Gaul frische Hufeisen. Der Herzog sprach von einigen Fähnlein, die er unter euern Befehl stellen will.

Prinz Heinrich.

Höre du, wenn du flunkerst!

Ranzow.

Und laßt euch eine tüchtige Klinge in's Schwert ziehen. Ihr sollt nach Stahleck zu die sächsischen

Grenzen sichern, während der Herzog mit dem
Haupttreffen auf Cöln geht.

Prinz Heinrich.

Spitzbube! Ich schenk' dir meinen Rappen,
wenn's wahr ist.

Ranzow.

Aber nehmt euch in Acht. In Stahleck soll
eine Lurlei wohnen, die ihren Rheinzoll in
Männerherzen bezieht.

Prinz Heinrich.

Dort wohnt die hohenstaufische Gräfin Agnes,
soviel ich weiß. Und was kümmert mich stau-
fische Sippe? Doch sieh', wer ist der Fremde?
Was mag er suchen in dieser Burg?

Ranzow.·

Sein gutes Gewissen, das ihm abhanden gekommen. Da hat irgend ein Galgen wieder
ausgeschlagen, und dieser Kerl war die Birne.
Ich will doch gehen und meinem geschenkten
Rappen einmal in's Maul schauen.

(Ab.)

Zweite Scene.

Mathilbis. Prinz Heinrich. Es ist aufgetreten der Graf Hermann bei Rhein.

Mathilbis.

Wen sucht ihr?

Hermann.

Den Herzog von Braunschweig.

Mathilbis.

Sprecht mit mir, wenn ihr den Herzog
in Braunschweig sucht. Wer seid ihr?

Hermann.

Das ist schwerer zu sagen, als wer ich war.
Sonst hieß ich Hermann, der Graf bei Rhein.

Mathilbis (tritt zurück).

Ein Name in Bann und Acht! Was wollt
ihr vom Herzog?

Hermann.

Hilfe wider die Kaiserfaust des Barbarossa.

Mathilbis.

Bedarfst du Recht, wird dir's der Leu nicht
                                    weigern.
Hast du verdient, was dir gescheh'n, so wisse:

Mit beff'rer Aussicht betteltest du Speise
Für deinen Hunger in dem Bärenlager,
Als Hilf' in dieser Burg! Der Löwe schützt
Den Frevler nicht, der Löwe will das Recht,
Er will's vor Allem in der Hand des Kaisers.
Erzähle dein Geschick.

Hermann.

Am Rheingeländ'
Hielt seinen üpp'gen Hof der Mainzer Bischof.
Und während Mailand mit dem Kaiser rang,
Trat dieser Arnold alle Reichespflicht
Im herrenlosen Land mit stolzen Füßen.
Zu fröhnen seinem Stolze, riß er keck,
Was ihm an Länderei'n gefiel, dem Adel,
Der seinem Erzstift hörig, aus den Händen.
So büßten Kyrberg, Deidesheim und ich.
Verbrieft war mein Besitz, seit Väterzeit
Mir zugesprochen. Er zerreißt die Acte,
Wirft Heeresmacht in meinen Gau, verwüstet
Mir Dorf und Burg.

Mathildis.

Und du — so that'st du auch!

Hermann.

Mein Aas den Hunden, wenn ich's nicht gethan!

Mathildis.

Und eurer Rauflust Zeuge liegt die Pfalz,
Das blühendste der Länder, jetzt verheert.
Ein Hungerbild steht der verarmte Bauer
Auf der zerstampften Saat und heißt den Qualm
Der brennenden Dörfer seine Flüche tragen
Bis an des Himmels Rund!
Pestbeulen ihr am Leib der deutschen Erde!

Hermann.

Soll ich den Seckel dieses Priesters füllen,
Um selbst zu hungern? Ist der Bauer nicht
Zu diesem Ende gut genug? Ich bin
Ein freier Rittersmann, nur unterthan
Dem Kaiser selbst.

Mathildis.

　　　　Was du vergessen hast,
Als du den eig'nen blut'gen Weg gesucht
Zu deinem Recht. Doch laß mich Alles hören.

Hermann.

Da fuhr der Stauf in unsern Streit. Er war

Zurückgekehrt und rief des Reiches Tag
In's alte Worms Dort sucht' er in dem Wust
Zerfreſſ'ner Pergamente voller Tücke
Ein alt vergeſſ'nes fränkiſches Geſetz,
Und vor dem Reichstag muß ich — Mord und
       Tod! —
Den Straßhund tragen eine Meile weit,
Den räub'gen Hund auf ritterlicher Schulter.
Er nimmt mein Lehn, zerbricht mein Schwert
      und ächtet
Mein adlig Blut —
   Mathildis.
    Das Blut entehrte dir
Der Kaiser nicht, das haſt du ſelbſt geächtet.
Wol hört' ich, wie er aufgeräumt im Reich
Unter den Räubern und den Raufern, die
Es nie gelernt, daß ihres Ranges Adel
Sie auch zum Adel ihres Thuns verpflichte.
Vielleicht vernahmſt du, daß der Herr von Sachſen
In deutſchen Dingen and're Wege wandle
Als jener Stauf. Jedoch Verräther ſchützt
Der Löwe nicht! Und wo die deutſche Krone

Des Rechtes waltet, deutsche Sitte schirmt,
Da war er allzeit einig mit dem Staufen!

Hermann.

Ihr weiß mich ab? Die Zeit wird auch noch

kommen,

Wo Kriegerarme bei dem Löwen hoch
Im Preise steh'n. Ich zahl' es heim dem Staufen!
(Ab.)

Mathildis.

Unklug und Weise jagt sich in dem Kaiser!
Kaum wie der Cherub mit dem Schwert des Herrn
Von Segen triefend unter seinen Völkern,
Und morgen schon des Himmels Geisel wieder,
Sich selbst zerfleischend, wo sie and're schlägt.
Was er am Rheine gut gemacht, das eilt
Er in Italien wieder zu verderben.
Es kann nicht sein, daß Löw' und Staufe ferner
Zusammen wandeln. Nimm das Vaterland
Denn unter deine Hut, o mein Gemahl,
Und mache gut, was dieser Rabenvater
Versäumt an Deutschland;
Denn was Verrath am Staufen heißt, das kann

Heut' nicht Verrath mehr sein am deutschen
Volke.

(Sie führt den Prinzen an die Seite.)

[Siehst du den fernen Berg, aus dessen Schooß
Ein Strompaar niederquillt in's grüne Land,
Die Saale nordwärts und der Main nach Westen?

Prinz Heinrich.
Kein Auge trägt so weit, o liebe Mutter.

Mathildis.
Ich aber seh's! Seh' meines Gatten Marken
Sich am Gelände dieser Ströme dehnen,
Thüringerland umspannen sie, den lichten
Smaragd von Deutschland, und die rothe Erde,
Die, mit dem Legionenblut gedüngt,
So Männer zeugt wie Eichen. (Nach links)
Wende dich!
Hörst du die See, die wie ein ew'ger Mahner
Dort an die Brust des Welfenreiches klopft?
Wo sind die deutschen Segel? will sie fragen.
In euren Wäldern wächst der schlanke Mast,
An euren Küsten wohnt ein starkes Volk,
Herangestählt auf meiner salz'gen Flut.

Geduld, o deutsche See! es kommt die Zeit,
Da du die Flotten meines Enkelvolks
Gehorsam schaukeln sollst nach allen Winden.]*)
Und wie die Wolke dort der Sonne Bild,
So wird der Staufen stürmisches Geschlecht
Auch unser Haus für ewig nicht beschatten.
Hinan, mein Aar, und denke deines Ziels
Vor jenem Friedrich! Diese Stunde würfelt
Vielleicht um uns und uns're Enkel dort,
Wo Löwe sich und Kaiser heut' begegnen.
(Beide ab.)

Dritte Scene.

Garten in Chiavenna. Mondschein. [Beatrix
lauscht sitzend auf Velbeck, der eben ein Lied
schließt. Gefolge im Hintergrunde.

Beatrix.

Wir danken dir, dein Lied hat uns erquickt.
Ich weiß, du sehnst nach Schwaben dich zurück,
Wo edler Meister viel die Harfe rühren.
Dir zu ersetzen, was du hier vermissest,

*) Bei Wegfall dieser Stelle bleibt natürlich auch Prinz
Heinrich ganz aus der zweiten Scene.

Bracht' ich ein herrlich hocherhab'nes Lied
Aus unf'rer Heimath mit, mir zugesandt
Von Meister Osterdingen, der am Hofe
Von Eif'nach lebt. Er aber selber kennt
Des Sängers Namen nicht.

Velbeck.

Dies Lied, o Herrin?

Beatrix (aufgeregt).

Hört ihr nicht Hufschlag? Dort hinaus! Es muß
Der Pfalzgraf sein, der Kunde bringt vom Po.
Vielleicht der Löwe selbst. Weg Spiel und Scherz,
Die ich zur müß'gen Schau im Munde trug,
Um meines Herzens Unruh zu betäuben.
Hinweg mit euch! 'S ist nicht mehr Lachens Zeit,
Wenn die Gewitter sich am Himmel thürmen.

(Das Gefolge ab.)

Velbeck.

Das Lied, o gnäb'ge Frau!

Beatrix.

Ja, lieber Sänger,
Du babe dich im Kinderland der Kunst,
Indeß wir durch des Lebens wirr Gestrüpp

Die Geister treiben mit gelähmtem Flügel.
Dort in dem Zimmer liegt's. Da lies und sage
Dann uns von Siegfried und den Nibelungen
Ein Wen'ges auch!

Velbeck.

Das Lied der Nibelungen!
So darf ich's kennen, dieses deutsche Lied,
Nach dem so lang der heiße Wunsch gerungen!]
(Ab.)

Vierte Scene.
Otto von Wittelsbach. Beatrix.

Beatrix (hastig).

Willkommen, Graf! Ihr reitet Rosse, die
Des Sturmes Kinder sind. Doch heute wollt' ich,
Daß ihr den Blitz bestiegen! Welche Kunde?
Drinn sitzt der Kaiser, auf dem Arm das Haupt,
Nimmt Speise nicht und Trank, zerwühlt das Haar,
Und murmelt Heinrich's Namen. Welche Kunde?

Wittelsbach.

Seid ihr auf minder Günstiges gefaßt?

Beatrix.

Ich bin Beatrix, und des Staufen Weib!

Wittelsbach.

Dann kurz: Des Kaiser kleines Kriegesheer
Stürmt Alexandria, das stets verstärkt
Von Mailands Hilfe listig vor den Mauern
Die Deutschen festhält. Mailand selbst, verbündet
Mit zwanzig Städten des Lombardenlands,
Hat alle Pässe von Tirol verlegt,
Und rathlos in den Alpen steh'n der Krone
Vasallen, die zum Zug entboten sind.
Im kaiserlichen Heere tobt die Pest
Und bei Legnano kampfgerüstet lagert
Die Macht von Mailand, achtzigtausend stark.

Beatrix.

Genug! Ich hab' genug, mein Herz zu füllen
Bis an den Rand, und seine Schläge schleudern,
Von diesem Unheil über's Maß gespannt,
Des Kummers Flut in's Auge. Herr und Gatte!
Daß es bis dahin kam! Dreimal gebeugt,
Dreimal dem Boden gleich gemacht, und stets
Gewalt'ger springt die Gegnerin empor
Von ihrem Fall.

Wittelsbach.
Der Kaiser, edle Frau.

Fünfte Scene.

Kaiser Friedrich im Hauskleid, auf Hohenzollern gestützt. Zwei Diener tragen Armleuchter
voran. Es folgen andere Ritter. Vorige. Wittelsbach kniet und will reden.

Friedrich.

Sprich nicht! Ich will's nicht hören.
(Wittelsbach tritt zurück.)
Der Feind ist hinter mir, vor mir der Strom —
Muß ich die Tief' erst messen, eh' ich springe?
Wo ist der Oestreich und der Böhmenkönig?
Verrath! — Wo sind die Lehensmannen alle,
Die ich entbot?

Hohenzollern.

Der Oestreich, hoher Herr,
Kann nicht herein, die Alpen sind verlegt,
Und Böhmens König fiel im Sturm vor Susa.

Friedrich.

So war's. Mein Kopf ist wirr. Reißt mir den Stern

Vom nordischen Himmel dort! Sein Glanz ver-
höhnt mich!
Herab mit ihm, es ist der Strahl des Löwen.
Hohenzollern.
Ermannt euch, Friedrich!
Friedrich.
Lasset nur den Stern,
Denn ich besinne mich: ich hab' ihn lieb.
Und sagt' ich je, daß ich den Löwen hasse,
So war's gelogen. — Wo der Herzog bleibt!
Ich hab' ihn ja geladen. Doch Geduld!
Sein Weg ist weit. Meint ihr's nicht auch, ihr
Fürsten,
Daß mich der Heinrich nicht verlassen werde?
Beatrix.
O trauter Mann!
Friedrich.
Sieh' da, mein Weib! Wie kommt
Die Rose Deutschlands unter diesen Himmel?
Bethaut wie damals in Burgondenland,
Wo Friedrich seine Kaiserbraut begrüßte?
Da schmücktest du mit Thränendiamanten

Dein schönes Aug' wie jetzt, so wunderköstlich,
Daß all' der Brautschmuck vor so holden Thränen
Verblassen mußte. Aber freud'ger, schien's,
Sprang aus dem Aug' die Seele mir entgegen,
Als heut' geschieht.

Beatrix.

                    Es ist das heil'ge Recht
Der Liebe, Friedrich, daß sie leiden darf
Mit dem Geliebten.

Friedrich.

                    Ha, wie war es doch!
Gelobt' ich's damals nicht in tiefster Brust,
Für dich den Erdball wohnlich herzurichten
Zu einem sel'gen Himmel meiner Liebe?
Am Indus wob man Seiden zum Gewande
Der Kaiserin; es stickten Königstöchter
Vom Persenland die Polster deiner Füße,
Und der Emir der Wüste trieb die Heerden
Der Mohren in die See, herauszuholen
Der Perlen Schmelz, der dann sich schaukeln
                                        sollte
Auf meines Weibes Brust. Und nun — ja nun!

Wie ein gescheuchtes Lamm an meiner Seite,
Gehetzt von welschen Wölfen —!

              Hohenzollern.

                            Hoher Herr,
Der Sachsenherzog!

    Friedrich (plötzlich sich zur Majestät aufrichtend).

                            Wer in diesem Kreis
Hat mich gebeugt geseh'n? Ich war es nicht.
Das Aug' empor, mein kaiserliches Weib!
Der Menschen Auge sieht um deine Schulter
Den Purpur wallen, sieht auf meinem Haupt
Des Reiches Krone ruh'n — ob Haupt und
                            Schultern
Auch Beides fehlt. Wer redet von Gefahr?

              Beatrix.
Der Herzog kommt. Die Erde spür' ich zittern
Vor seinem Tritt. So zittert meine Seele
Unter den Pendelschlägen dieser Stunde.

Sechste Scene.

Vorige. Heinrich der Löwe, einen Reitermantel über dem Schuppenpanzer und einen Helm mit schwarzem Busch tragend. Ihm folgen zwei Reisige.

Heinrich d. L.

Haltet im Dorf!

(Die Reisigen ab. Heinrich kommt vor und steht Friedrich gegenüber.)

Du riefst den Löwen, Kaiser.

Friedrich.

Rief dich der Kaiser, wollt' er den Vasallen,
Jedoch vielleicht rief Friedrich seinen Freund.

Heinrich d. L.

Du mußtest dich des letzten sicher wissen,
Um dir den ersten nicht umsonst zu rufen.

Beatrix (zu Friedrich).

Sei freundlich, lieber Herr.

Friedrich.

Dem Winde geb'
Ich dieses stolze Wort, so wie ich jetzt
Den Staub vom Kleide blase. Rede besser.

Heinrich.

Ist hier ein Reichstag? Fordert man den Löwen

Vor diesen Fürsten zu Gericht? Du hast
Seit Jahren nicht dem Freunde nachgefragt.
Wie seltsam nun, dich meiner zu erinnern
Erst in der höchsten Noth. Du reißest mich
Aus meiner Siegerbahn im deutschen Norden,
Hier ein Genosse deiner Niederlagen
Zu sein —

Hohenzollern.

.Im Glück und Unglück, Sachsenherzog,
Will es die Reichspflicht, daß der Krone Diener
Zur Krone steh'.

Heinrich d. L.

Die Reichspflicht? Die zu lernen,
Ritt ich nicht hundert Meilen, edler Graf.
Ich bitte Gott, daß ihr sie kennt wie ich.

Friedrich.

Bist du der Römer, der im punischen
Senat aus seines Mantels Falten Krieg
Und Frieden beut, so spiele deine Rolle
Allein. Die Krone duldet keine Wahl.
Was du mir bringst, sie nimmt es, wie die

Gottheit

Aus des Geschöpfes Hand Reu' oder Trotz.
Sie ist des Menschen Gleichen nicht — sie richtet!

Beatrix.

O heil'ger Gott, das ist die Sprache nicht,
Die uns den Löwen beugt!

Friedrich (fortgerissen).

Beugt oder nicht.
Wie klang die Mär vom syr'schen Löwen doch?
Da nahm des Landes Fürst sein reisig Volk
Und hat mit Macht der Waffen ihn erschlagen.

Heinrich d. L.

Veraltet ist die Mär! Am Elbestrom
Hat sich der Löwe seinen Hort gegründet,
Um den die Völker fröhlich sich vereinen.
Gesetz und Recht sind seiner Pranke Spuren
Und Fried' und Kraft die Träger seines Banners.
Nur wenig' Tage sind's, daß ich den Schelch
Von Pommernland, daß ich die tück'sche Dogge
Von Dänenland mit Hieben heimgejagt,
Die nun den blut'gen Kopf sich heulend waschen
In ihrem Schlupf. Suchst du das deutsche Land,

So such' es dort, wo es der Löwe schützt!
Das ist die Reichspflicht, Kaiser, die ich übe!

Friedrich.

Das prägt euch in's Gedächtniß, meine Fürsten!
Wenn wir zur Heimath uns're Schritte wenden,
Schließt man die Thür, denn wir sind fremd ge=
worden.
Die Hure Deutschland liegt bei ihrem Buhlen
Und weist den Eh'herrn lachend von der Schwelle.
Ich Thor, ich arger Thor, der diesen Mann
Mit Ländern überschüttete! der ihm
Gewalt geschenkt, die nun mich selbst bewältigt.

Heinrich d. L.

Reiß' mir das Kleid vom Fürstenleib! Verlange
Den letzten Heller, den ich hab' — doch sprich:
Laß mich für Deutschland thun, wie du gethan—
So hau' ich selbst mir noch die Hand vom Arm
Und geb' sie freudig zu! Das thut der Buhle!
Dir soll der Finger aus dem Grabe wachsen,
Der seine Mutter schlug! Ja fremd geworden,
Das bist du, Kaiser; seid ihr alle, die
Berauscht vom Luftbild eines falschen Ruhms

Mänadengleich dem tollen Führer folgen.
Wie durstgehetzte Wand'rer jagt ihr hinter
Der Wasserspieg'lung einer Wüste her,
Und stürmt bethört an jenem Quell vorüber,
Der in der Heimath frisch und kräftig quillt.
Du bist mein Herr, doch bist du's nur bedingt.
Denn über deiner Kaiserkrone sitzt
Das Vaterland zu Thron, das dich gewählt
Zum ersten Diener seiner heil'gen Sache.
Mißachtest du's, so nenn ich dich Rebellen,
Mehr als den Räuber, der im Reiche schaltet
Auf eig'ne Hand, und dessen Faust sein Recht.

    Wittelsbach (greift an's Schwert).
Du schmähst die Majestät!

       Heinrich d. L.

         Dir steh' ich Rede
Um eine hohle Nuß mit tausend Schwertern,
Doch hier steck' ein den Stahl! Was zwischen mir
Und diesem liegt, versteht kein Dritter mehr,
So weit der Tag die Erde kennt!

    Friedrich (zu Wittelsbach).

        Zurück!

Der Mann thut übel, mir vom sichern Strand
Herab zu droh'n, dieweil ich ringen muß
Mit des Geschickes aufgewühlter Flut.
[Die Krone hätt' ich längst von mir gethan,
Vom Leib geschleudert wie den eklen Wurm,
Die mir die Lehre nicht gespart, daß sie
Den einz'gen Schuß in ihren Dienern habe.]
Wer in gedoppelten Gefahren ringt,
Muß sich die nächste von dem Leibe schlagen,
Sonst haut der Narr nach der entfernteren
Nur Wunden in die Luft. D'rum muß ich dulden,
Was mir des Welfen Hochmuth heute bietet.
Ihn aber beug' ich, wenn die Stunde kommt!
Mein Kaiserwort werf' ich den Sternen zu,
Daß ich den Löwen beugen will!

    Heinrich d. L. (fast triumphirend).

                Den beugt
Nicht mehr die Willkür eines Kaiserhirns!
Nicht mehr die bunte Puppe der Gewalt!
Den beugt nur Eins —: die Schmach des Va-
                          terlands,
Mit dem ich steh' und falle!

Wittelsbach.

Verrath!

Beatrix.

O hört ihn nicht!

Hohenzollern.

Verrath der Krone!

Friedrich.

Ergreift den Braunschweig! Ghibellinen hie!

Heinrich d. L. (laut und wild).

Hie Welf!

(Hinter der Scene zweimal: Hie Welf! Der zweite Ruf
klingt näher. Waffen klirren.)

Die Kronvasallen (sich um Friedrich schaarend).

Hie Ghibellin!

(Der Hintergrund füllt sich rasch mit Reisigen. Heinrich
links oben. Friedrich mit den Seinen rechts vorn.)

Beatrix (mitten in der Scene).

Zückt eure Schwerter, weckt eurer Häuser
Verjährten Schlachtruf, Rasende! Dem Ersten,
Der einen Hieb nach seinem Freunde thut,
Fang' ich den Stahl mit meinem Herzen ab!
O elend' Schauspiel der gepeinigten
Natur! In diesen Männern schlagen Herzen

Voll Lieb', und ihre Lippen reden Gift;
Ihr Wort zerfleischt sie in erlog'nem Haß,
Und ihre Geister bitten schweigend sich
Die Unbill ab mit ungeseh'nen Thränen.
Du, Herzog, hast ein Weib. Liebst du das
Weib?

Auch eines blühenden Sohnes rühmst du dich.
So wahr ich Gattin bin von diesem Mann,
Und hab' sein Kind an dieser Brust getragen:
(gewaltig.)
Ich sage dir, was eine Mutter flucht,
Das hört ein Gott: — wenn du die Deinen liebst,
Thu' ab dein Schwert!

(Heinrich zögert, blickt sie betroffen an, dann löst er rasch
das Schwert und giebt's einem Reisigen.)

Den Helm von deinem Haupt!

(Heinrich wirft den Helm nieder.)

Und gieb mir deine Hand!

(Er tritt näher und thut's. Sie blickt auf Friedrich.)

'S ist Lüge, Kaiser,

Was du gesagt. Du glaubst dir selber nicht.
Und kehrst du jetzt dein Auge noch von ihm,
So wird, vernimm's! dein angetrautes Weib

Noch heute sich von ihrem Gatten wenden
Und zu den Hallen ihrer Väter kehren!

(Friedrich schwankt, naht, reicht ihrer dargebotenen Hand die seine. Sie legt die Hände der beiden Männer in einander und tritt zurück. Pause.)

Friedrich (ohne ihn anzusehen).

Du hiebst mich vor Tortona aus dem Feind
Und rettetest mein Leben.

Heinrich d. L. (ebenso).

Nichts davon.

Als ich in Syrien war, da schütztest du
Mein Land vor den Gelüsten meiner Feinde.

Friedrich.

Es war des Kaisers Pflicht. Ich muß des Tags
Noch immer denken, als wir einst am Rhein
In heit'rer Jugend uns begegneten.
Des deutschen Stromes grüne Flut hinab
Trug uns der Kahn, es grüßten Rebenhügel,
Um stolze Pfalzen glomm das Abendroth,
Als wär's der flüssige Hort der Nibelungen.
Wir sprachen lang' vom heil'gen deutschen Reich.

Heinrich d. L.

Laß mich's berichten. Träumend hing der Blick

Am Wasserspiegel, und ich frug so hin:
„Wol wissen möcht' ich, wer der würdigste
„Der Männer sei in dieser schweren Zeit,
„Der unser Deutschland auf die Schulter nähme."
Und wie wir so uns neigen auf die Flut, —

Friedrich.

Da zeigt sich mir dein Antlitz —
(blickt ihn an.)

Heinrich (ebenso).

Mir das deine.

Friedrich (nach einer Pause).

Du folgst mir, Heinrich?

Heinrich d. L. (ruhig).

Nimmermehr in diesen

Wahnsinnigen Krieg. Die Stätte meines Wirkens
Ist, wo ich Ernte seh' von meinen Saaten.

Friedrich (erregter).

Zum letzten Mal, nur diesmal folge mir!
Ich bin verloren ohne deine Macht,
Denn alle Kriegesquellen sind erschöpft,
Und mir vor Augen liegt der Untergang.

Heinrich d. L. (abgewendet).

Ich sprach mein letztes Wort!

Friedrich.

So helf' mir Gott!
Sein letztes Wort! Mein stolzer Bau in Scherben!

Hohenzollern.

'S ist Bittenszeit, helft bitten, Kaiserin.
Die Stunde würfelt um das Loos der Enkel.

Wittelsbach.

Führ' uns zur Schlacht, mein Kaiser, denn ich fühle
Zehntausendmännermark in meinen Armen.
Doch bitte nicht mehr! Wenn wir fallen müssen,
So wollen wir von Leichen um uns her
Grabmäler thürmen, wie die Welt nicht sah,
So lang' man Schwerter zieht auf dieser Erde.

Alle Ghibellinen.

Zum Kampfe, Kaiser!
(Friedrich stand bisher in heftigem Kampfe und neigt sich
eben mit gerungenen Händen zum Kniefall hin.)

Beatrix (sieht es).

Ha, da schwankt die Welt!
Empor! empor!

111

Friedrich (stürzt auf die Kniee).

O hilf mir, hilf mir, Löwe!

Hohenzollern.

Der Kaiser kniet!

Wittelsbach (zu Heinrich, auf Friedrich deutend)

Die Krone, schnöder Welf,

Die du so tief gebeugt, zieht dich hinab.

Sie aber wird sich herrlicher erheben,

Indeß du liegst!

Beatrix.

Steh' auf, mein lieber Herr.

Gott wird dir helfen dieses Tags gedenken,

Wenn du den Löwen suchst.

Heinrich d. L. (ist zurückgetreten).

Barst hier die Welt?

So werden Tausende von deutschen Leichen

Nicht überbrücken diesen Riß. Und doch —

Nun ist es gut.

Was halb der Freund war, ist der Herzog ganz.

Das Löwenbanner auf, Visir herab:

So frei' ich dich, du Braut Germania!

(Ab mit den Seinen.)

Beatrix (richtet Friedrich auf).

Mein Kaiser! Mein Gemahl! Das ist der Tod,
Der dir im Antlitz haust!

Friedrich (gebrochen hinausdeutend).

Da zieht mein Leben
Mit ihm dahin, mein Blut und meine Kraft.
Stürzt von dem Himmel, Sonnen! Beugt ihr Alpen
Die Häupter in das Meer! Komm wieder, Chaos,
Denn heut' vergangen ist die deutsche Treu'.
Auf meinen Knie'n? O Scham! O Scham und
Schmach,
Die deutsche Treu' dahin!

(Sich aufraffend.)

Zum letzten Kampfe!
Verzweiflung heißt dein Gegner, stolzes Mailand:
Verrathen bin ich doch, was liegt am Leben.

Ende des dritten Aufzugs.

Vierter Aufzug.

Landstraße und Schlachtfeld bei Legnano; Schilde, Waffen, Kriegszeug, Leichen umher. Friedrich (Panzer, bloßen Kopf) liegt in Ohnmacht.

Erste Scene.

Velbeck (kniet). Später der Pfalzgraf bei Rhein.

Velbeck.

In die Blumen sank Herrn Siegfried's Leib,
In seinem Blut so roth.
Zu bitt'rem Gram für ein edles Weib,
Zu manches Kämpen Tod.
Das Lied paßt nicht, denn schöner starbst ja du!
Die Stirn dem Feinde zugekehrt, so sankst
Du in dem blut'gen Strudel dieser Schlacht.

A. Lindner, Stauf und Welf. 8

Dein Katafalk sind Leichen, deine Kerzen
Legnanos Flammen, die das Feld beleuchten.
Wär' ich ein Gott, so nähm' ich meinen Sturm
Und blies in's Meer, bis die gethürmte Welle
Die Sterne löschte, blies, bis durcheinander
Die Berge wirbelten. Das wär' ein Lied,
Vor solches Kaisers Leiche zu erklingen.
Die Erde war dein Thron, du warst bedient
Von Königen, um deine Füße spielten
Die Völker wie die Lämmer auf der Weiden.
Nun sechs Fuß Boden Alles, was du brauchst!
Doch wenn die Welt fortrollt in ihrem Gleis,
Die doch den Lenker des Gespanns verlor,
Muß wol ein armer Sänger seinen Weg
Auch so noch finden durch der Erde Nacht,
Ob auch die Leuchte losch, die ihn geführt.
Weh', Mailand dir, die ihren Kaiser schlug!
Weh', Löwe, dir, der seinen Herrn verrathen!
(Neigt sich über Friedrich.)

Der Pfalzgraf bei Rhein (tritt auf).
Mein Helm! Bei Christi Wundenmaal, mein Helm!
Hier, denk' ich, war's, wo mir der welsche Schuft

Vom Kopf ihn riß: Schuft, sag' ich, haft du Luft
Zu meinem Helm, so koft' auch meine Lanze.—
He, wer am Boden da? Was hockft du, Bursch,
In diesem Höllenknäul von Tod und Dunkel?
Wie hieß dein Kissen da, so lang es lebte?

Velbeck.

Ach, lieber Herre, ruhtet ihr wo ich,
Ihr dürftet sagen, euer Schemel sei
Die Welt. Da liegt sie, ein zertrümmert Werk,
In dem die Feder sprang, die es belebte.
Nun schnurrt sie eben nur zu Ende noch,
Dann steht sie still. Mein Kaiser! O mein Kaiser!

Bei Rhein.

Todt? Also todt? Wir sind des Hoffens Narren
Und Spielball der Gerüchte. Hieß es nicht,
Daß er dem Kampf entronnen sei zur Nacht?
Vetter und Herr, was treibst du da für Streiche?
Wo ist die Kaiserin?

Velbeck.

    Im Dorf Legnano.
Geht, ruft sie aus, wer Füße regen kann,
Sucht mir die heil'ge Leiche. — Und so ging ich.

8*

Bei Rhein.

Ich weiß nicht, Junge, wo der Kopf mir steht.
Der Welf in Aufruhr, unſer Heer zertrümmert,
Der Kaiſer tobt, ich ſelber muß nach Haus,
Sucht mich ein Bot' im Feld' mit dieſem Wiſch —

(Zieht ein Schreiben hervor.)

Wart', kannſt du leſen, Burſch?

Velbeck.

Ich lernt' es, Herr.

Bei Rhein.

Komm, lies bei Morgengrau'n, ſo gut es geht.
Was ſchreibt mein Burgcaplan?

Velbeck.

Er läßt euch ſagen,
Ihr möchtet eures Töchterleins gedenken
Und ihrer Heirath mit dem fränk'ſchen König.
Es ſteh' nicht Alles gut. Der Welfenſohn
Sitz' ihr im Kopf.

Bei Rhein.

Der Welf? Das fehlte noch!

Velbeck.

Er hab' am Rhein, wo ſeines Vaters Macht

Sich mit dem Cölner Erzbischof geschlagen,
Ihr Ritterdienst erwiesen, ihre Pfalz
Vor einem Angriff jener wüsten Banden
Geschützt und so in's Herz sich ihr geschlichen.

Bei Rhein.

Sind alle Teufel los an diesem Tag?
Schön' Dank, Herr Welf. Du stiehlst dem Reich
                           das Haupt,
Dein Sohn stiehlt mir die Tochter. Hörst du,
                           Vetter,
Sie spielen Fangball mit dem Reichsapfel,
Sie schlagen dir das Scepter um die Ohren!
Der Welf zersetzt das Reichsgesetz und hängt's
In seinem Weizen auf. Im Harzgebirg
Feiern sie Julnacht; Kirch' und Burgen lodern
Dem Obersten der Teufel, diesem Welf,
Zur Huldigung. Der Welf ist ein Verräther — —
Ja, wenn dich das nicht weckt, ei, so verschlaf'
Du auch den jüngsten Tag. Lauf' du zum Dorf
Und meld' der Kaiserin, er sei gefunden.
Ich schick' dem Frankreich einen Brief. Er soll
Die Braut sich holen, eh's der Teufel thut.

Wär' ich daheim! Ich wollt's von ganzem
Herzen!
(Beide ab.)

Zweite Scene.

Friedrich (zu sich kommend).

Wer sprach in meiner Näh'? Wie mich der Thau
Der Nacht erquickt, der meine Schläfe feuchtet.
Ich weiß nicht, heißt das todt sein oder träumen?
Wenn Athmen, Denken Leben heißt, so leb' ich.
Und eine Wunde blutet mir am Schenkel,
Und todte Männer decken rings das Feld.
(Richtet sich auf.)
'S ist, wie ich sprach. Lebendig steht der Kampf
Vor meinem Geist, lebendig mein Geschick.
(Steht auf.)
Das ist der Platz, wo ich vom Rosse sank.
Die Reih'n der Meinen wankten überall,
Ein Edler nach dem andern fiel umsonst —
Da faßte mich Verzweiflung, auf die Schaar
Der furchtbaren Dreihundert warf ich mich,
Die erles'nen Schirmer des geweihten Banners,
Herab riß ich den goldenen Ambros

Mit eig'ner Faust—da schlug der Pfeil in's Fleisch,
Und über den Ohnmächtigen hinweg
Raste die Schlacht.

(Stößt an einen Schild.)

Sieh' da, das Wappenschild
Des Zähringen! Der wack're Herzog fiel!

(Steht von einem Gedanken erschüttert.)

Wer fiel da nicht? Was bin und hab' ich noch?
Da greif' ich in ein Meer von Nacht und Schweigen.
Und wenn mir nichts geblieben als ich selbst,
Was rang ich mich noch erst aus diesem Kreis
Von Leichen los, wohin mich Gott geworfen?
Jedoch ich blieb mir selbst! Faß' dieses Seil,
Verlor'ner Mann, zum Leben trägt's zurück,
Zurück zur sonnigen Höhe deines Wirkens.

(Es tagt.)

Hell wird die Erde! Sonne, sei gegrüßt,
Die mir den Kirchhof meiner Kaisermacht
So tröstlich täuschend zu vergolden kommt.
Sei mir, bekränzt von deines Lichtes Rosen,
Der freud'ge Herold freundlicher Geschicke.

(Blickt über's Feld.)

Stumm seid ihr nicht, ihr kalten Leichen da.

Geheimnißvolle Stimmen hör' ich rings,
Und ein gewalt'ger Pred'ger ist der Tod.
Vor meines Geistes Aug' da drüben sitzt
Wie ein verhärmtes Weib das Vaterland
Und blickt mich an.   Ich kenne deine Klage!
Ich hab' nicht recht gethan an meinem Volk!
Der aber war im Recht, der mich verrieth,
D'rum hat mich Gott gestraft auf diesem Felde.
        (Neigt das Haupt, dann fährt er auf.)
Ich höre freud'ge Stimmen — Herr der Welt,
Mein Weib!

Dritte Scene.

Friedrich. Beatrix vorauseilend, in Trauer.
    Dann Hohenzollern, Tirol und Andere.

Beatrix (aufschreiend).

Mein Gatte lebt, ich hab' ihn wieder!
        (An seiner Brust.)

Hohenzollern (erstaunt).

Sprach nicht der Knab', er hab' ihn todt gefunden?
Herr, jählings wie die Schrecken dieser Schlacht,
So bricht die Freude über uns: du lebst?

Friedrich.

Blieb mir so viel, und ich wär' arm geworden?
Faß' dich, mein Weib! Der Muth ist Herr der Welt.
Stellt mein Geschick mir Aug' in Aug'! Ich will
Es seh'n! Denn, einem Raubthier gleich hierin,
Erträgt's den festen Blick des Menschen nicht
Und weicht gehorsam scheu von seinem Wege.
Wo ist mein Heer? — Hab' ich kein Heer?

Hohenzollern.

In Como
Steh'n deine letzten Tausend.

Friedrich.

Sei's darum.
Nehmt Geld und werbt.

Hohenzollern.

All' deine Kassen sind
In Feindes Hand.

Friedrich.

Ist der Verlust so groß?
Ei, mancher wack're Diener meiner Krone
Lebt noch im Reich.
Der Thüringer, der Pole stelle Truppen.

Hohenzollern.
Sie kündigten der Krone den Gehorsam.

Beatrix.
Muth, lieber Herr!

Friedrich.
Wollt ihr mich jetzt erst schlagen?
Doch Wittelsbach! Wie fiel der Wittelsbach?

Hohenzollern.
Er lebt —

Friedrich.
Hab' Dank! Da schenkst du mir ein Heer!
Wo ist der Graf?

Hohenzollern.
Nach Deutschland diese Nacht.
(Friedrich sieht ihn betreten an.)
Vernehmt das Schlimmste, hoher Herr. Es kam
In dieser Nacht ein Bote mit der Kunde,
Es hab' der Welf, von seinen Siegen trunken,
Sich losgesagt von aller Reichspflicht,
Und nichts Gering'res sei in seinem Werk,
Als alles Land vom Ostmeer bis zum Main
Unter dem Hause Sachsen zu vereinen.

Wer sich dem Löwen anzuschließen säumt,
Dem schleudert er den Bruderkrieg in's Land,
Und einem Riesenfeuerkranze gleich
Loh'n zwischen Elb' und Rhein die deutschen Dörfer.

Friedrich (erstarrt).

Der Bote lügt!

Hohenzollern.

Besiegelt ist die Kunde
Vom Stuhl zu Worms und vielen fränk'schen
Herren.
In ihrem Schmerze rasch gefaßt, entsandte
Die Kaiserin den Wittelsbach in Eil,
Mit aller Vollmacht dort im Reich zu handeln,
Und dir zu wahren deines Hauses Recht.

Friedrich.

Du that'st, wie du gesollt, mein braves Weib,
Jedoch — der Bote lügt! Sie haben mir
Den Leu'n gereizt! Baut' ich die Galgen ihnen
In Worms nicht hoch genug? Sie sollen's büßen!
Er hatte Recht, als er den Stürmersinn
Des Staufen ketten wollt' an's Vaterland,
Um dort zu wurzeln. Bei der Völker Gott,

Er hat es beſſer mit dem Reich gemeint
Als wir, die Machtvergeuder eines Volks,
Das Gott geſtellt will wiſſen über alle.

Hohenzollern.

Ich, Graf Tirol, verſteh' den Kaiſer nicht.

Beatrix.

So mehr verſteht's ein Weib, Graf Hohenzollern.
Ihr ſeid die ew'gen Schürer ſeines Zorns,
Und ihr begreift, weshalb ich Wittelsbach
Aus eurer Mitte griff zu dieſer Sendung:
Der Kaiſer muß des Raths entrathen lernen;
Denn dazu ſchlug ihn Gott in dieſem Kampfe
Und ſtellt' ihn hin vor ſeines Herzens Rath,
Daß er zurück ſich fänd' zu ſeinem Selbſt.
(Friedrich ſcheint eigenem Brüten hingegeben und abweſend.)
Wie Froſt und Seuche, lähmend liegt der Bann
Auf uns und euch allen. [Wo der Chriſt
Am Altar Gottes ſich die Seele darf
In brünſtigem Gebet entladen, wo
Der Leib des Herrn den Sünder labt, da iſt
Für uns kein Raum, da hört man Flüche beten
Auf unſer Haupt; kein Heiland iſt erſchienen

Für uns, und kein Erlöser uns gestorben.]
Ich sag' dir nichts von mir, wie öd' und lechzend
Ich neben dir, dem Lechzenden und Oeden,
Herschreiten muß; die Lieb' hilft's überwinden,
Doch denk' an die, die für dich streiten sollen!
Wer dir im Reich noch helfen will, dem muß
Die Hand erlahmen, die zur Waffe greift,
Gedenkt sie dieses Bannes.   Theurer Gatte,
Mach' mit der Kirche Frieden, weil du kannst,
Und mach' mit Mailand Frieden, weil du mußt.

Hohenzollern.
Mach' ihn zum Schein und straf' den Welfen!

Beatrix (zornig).

Ja!
Stiehl dir der Kirche Segen zu dem Mord
Am deutschen Bruder!
(Friedrich wird aufmerksam.)
Zu des Löwen Sturz
Verkauft ihr euer ew'ges Heil.   Ihr müßt
Den Größern hassen und den Kleinen treten,
Das ist so Brauch beim Adel aller Lande.
Euch drückt des Gegners Werth und Vollgewicht.

Denn wo der Löwe wandelt, kann für euch
Die Rolle nur von Wolf und Geier bleiben.

Friedrich (für sich).

Vielleicht. Bei Gott!

Beatrix (erregter).

O hör' mich, theurer Herr.
(Kniet.)

Ich spreche nicht: wenn du mich liebst! Nein,
nein,
Mach' Frieden, Herr, so du dich selber liebst.
Sieh' nicht so finster d'rein. Es muß gescheh'n,
Daß du dich selbst erniedrigst, um zu steigen.
Und ist der Kelch so herb', so denke nur,
Daß du das Haupt vor deinem Heiland beugst,
Nicht vor dem stolzen Priester seiner Kirche.

Hohenzollern.

Ihr spracht zu viel, Frau Kaiserin!

Friedrich (winkt).

Genug!
Wir gehen unsern Weg! — Wie ist's, ihr
Herren?

Wollt ihr trotz Kirchenbann den Welf mir ächten
Auf meinem Reichstag als des Lands Verräther?

Hohenzollern.

Ihr habt mein Wort.

Friedrich.

Trotz Bann und Acht? 'S ist viel.

Wollt ihr die letzte Kraft mir weihen und
Auf des Rebellen Schädel niederfahren
Wie Gottes Blitz? Ihr wollt es doch wol alle?

Alle.

Ich schwör's! — Und ich! — Wir rächen dich
am Welfen!

Friedrich (kalt).

Ich dank euch, werthe Herr'n. Doch hier gedenk' ich
Einmal den eig'nen freien Weg zu wandeln.
Gott wohnt in reiner Frauen Mund! — An's
Herz!

(Zieht Beatrix empor.)

Hier hause du, mein holder Trost von oben!
Euch, Graf Tirol, entsend' ich an den Papst.
Entbietet meinen kaiserlichen Gruß
Und meine Hand zum gütlichen Vergleich:

Ich laß um die Artikel ihn ersuchen.
Mit den Lombarden schließ' ich ew'gen Frieden,
Wenn mir an Recht und Macht bewilligt wird,
Was seit dem fünften Heinrich, unserm Ahn,
Der deutschen Krone hörig war am Po.
Und nimmt er mir den Bann von meinem Haupt,
So schütz' ich ihm die Kirche mit dem Schwert,
Wie er das Reich mir schützt mit Gottes Kraft. —
Die welsche Hatz ist aus. Denn auf den Feldern
Legnanos sprach der Herr zur deutschen Krone:
Es giebt 'was Höh'res, als das Reich zu me h r e n,
So lang es noth thut, das Bestehende
Zu k r ä f t i g e n. In diesem Ziele reich' ich
Dem deutschesten der Männer meine Hand.
Was mir der Welf gethan, es sei verzieh'n.
Wir haben Beid' zu bessern und zu büßen.
Wird mir vom Herrn des Lebens Frist verlieh'n,
So soll mein Volk den ew'gen Frieden grüßen.
Der Leu gesellt zu meines Adlers Schwinge:
Will ich die Welt seh'n, die mein Volk bezwinge!

(Alle ab.)

.

Vierte Scene.

Wald in Westfalen. Heinrich d. L. kommt mit
Kriegern. Darunter Prinz Heinrich und Hermann bei Rhein. Dann Mathildis.

Heinrich d. L. (wirft den Helm ab, lüftet den Panzer
und setzt sich verschnaufend.)

So!

Der wär' besorgt. Bernhard von Welpe mag
Den Wald vom Reste säubern. Junge, mach'
Es dir bequem, du hast dich brav gehalten.

(Prinz H. bleibt gedrückt seitwärts stehen.)

Hermann bei Rhein, mein Würger, komm und
                                            höre:

Der Münster=Pfaff spann diese Fehde mir
Dort auf der Ebernburg. Brenn' sie zusammen!

Hermann.

Kommt, Jungen, d'rauf! Den rothen Hahn
                                        auf's Dach!

Die Burg hat guten Wein und schöne Weiber.

(Ab mit den Knechten.)

Heinrich (springt auf).

Hei, 's ist ein Leben! Seit ich meinen Fuß
Auf deutschem Boden spür' und meiner Haut

Mich hab' zu wehren, daß dem Reichsgewürm
Die Hiebe sausen um das Ohr — was schert
Mich Reich und Kaiser! Was ich mir erkämpst,
Das ist mein Reich, da bin ich selbst der Kaiser.
Mein gutes Recht verfecht' ich! Wenn der Staufe
Nach Hause kehrt, so weiß ich auch, was kommt:
Er thut mich in die Acht.   D'rum fallen sie
Wie hung'rige Raben überall mich an
Und Jeder denkt ein Stück davon zu kriegen.
Sacht! wenn der Löwe todt ist, sollt ihr hacken,
Dem Lebenden erlaubt, daß er sich wehre.

(Bleibt vor Prinz H. stehen und lacht.)

'S ist Löwenbrut, es ist mein eigen Fleisch,
Bei meiner wack'ren Hausfrau sei's geschworen!
Dort in dem Busch war's, richtig hatte mich
Der Feind von meiner Schaar gelockt und wies
Die Zähne mir, wie dem gestellten Eber
Die kläffende Meute.

(Schlägt ihn auf die Schulter.)

Jung', ich sage dir,
Ich war ein todter Mann. Mein Fuß glitt aus,
Dort lag ich wehrlos, und der Hauptmann hob

Sein Schwert bereits, um mir den Kopf zu spalten.
Da — über den Strauch, wie Sct. Georg, ein Pferd
Setzt mitten in den Haufen, schlägt den Führer
Zu Boden mit dem Vorderhuf, — es war
Mein eig'ner Sohn — ich hatte Luft, und nun
Begann ein Schädelbrechen um die Wette,
Und wie die Hasen stob's nach allen Seiten.
Das war 'ne That!
Was brennt dort, he?

(Mathildis kommt.)

Mathildis.

Mein Herzog, thu' es nicht!
Hemm das Beginnen dieser trunk'nen Banden.
Sie legen Feuer an die arme Stadt.

Heinrich d. L.

Nun gut, benutz' es. Koche Suppen d'ran
Für meine Kranken, Weib! Die Städter räuchr' ich
Aus ihrem trotz'gen Nest. Gutwillig geben
Sie sich ja nicht.

Mathildis.

Mordbrenner! Folgt' ich darum
Dem Gleise deiner Siege durch die Länder,

Daß ich die Flüche der Gemarterten
Auflesen soll, sowie ein Bettelweib
Hinter dem Schnitter her die Aehren sammelt?
Noch brennt die Loh' von siebenundzwanzig
                                        Dörfern
Mir in der Brust, noch wimmert mir der Jammer
Von Halbensleben im entsetzten Ohr.
Und folg' ich heut' noch deiner blut'gen Spur,
So ist's um d e n, um meinen wackern Sohn,
Daß er mir nicht entarte wie der Vater.

      H e i n r i c h d. L. (lacht behaglich).

Hörst du die Mutter, Sohn? — Da frag' ihn selbst.
Das war ein Stück! Entartet? Ei, ich glaub's!
Das heißt, den Knabenschuh'n. Hätt'st ihn
                                        geseh'n,
Du gäbst ihm einen Kuß, und mir den zweiten.
Das war 'ne That!

      P r i n z H e i n r i c h (wendet sich).

       O rühm' sie nicht! Ich müßte
Vor Scham vergeh'n, säh'st du 'was And'res
                                        d'rin
Als eines Sohnes Pflicht. Das Leben wagt' ich

Dem Vater wol, ob ich's dem Herzog hätte
Gethan — ich weiß nicht.

   Heinrich d. L. (betroffen).

    Wie?

  Prinz Heinrich (weist auf sein Kleid).

    Auf meinem Kleid
Klebt deutsches Blut, von deutscher Hand ver-
           gossen.
Fluch diesem schnöden Kampfe, der die Hälfte
Der Kraft mir lähmt, wo ich die Waffe schwinge.
O schick' mich gegen Norden, säubern will ich
Die deutsche See von dänischen Piraten,
Nur rechne nicht auf meine volle Pflicht
In diesem brudermörderischen Treiben.
Ich lieg' im Hader mit der eig'nen Brust.
Und that ich je, was Menschenlob verdient,
So lobe du mich nicht. Denn Vaters Lob
Ist Eins geworden mit des Sohnes Schmach!

   Heinrich d. L. (erstaunt).

Von Weib und Kind gemeistert? Stellt die Welt
Sich auf den Kopf? Und diese Bäume recken
Nicht ihre Wurzeln in die Luft,

Und in die Erd' ihr Laub? Was soll's? Schüf'
ich die Macht
Mir nicht, des Staufen Rache zu besteh'n,
So lang's noch Zeit, so gehört' ich an die Kunkel,
Wo ich mein Weib vermisse.
Das stärkste Recht, das ist das Recht des Stärkern.

Mathildis.

Das höchste Recht macht ungerecht — so dich!
(Faßt seine Hand und führt ihn vorwärts.)
Weißt du warum? Ich will dir's sagen, Welf.
Dein bös Gewissen treibt dich um!
Wie du erbleichst! Zum Räuber sank der Fürst,
Zum Schlächter sank der Held, und zur Hyäne
Der edle Leu. Du warst in deinem Recht.
Die Besten deines Volkes waren dein,
So lang' du Schirmherr deutscher Ordnung bliebst,
So lang' du nicht blos Schergen deiner Willkür
Um deine Fahnen sammeltest, wie jetzt
Der Länder Auswurf und verkomm'ne Schufte.
Du wärst des Staufen starker Herr gewesen:
Jetzt aber, Welf, jetzt ist der Stauf dein Richter!
(Ab.)

Heinrich d. L.

Trompeter, blas', bis deine Backen platzen,
Was soll mir dies Gewäsch! — He, Wein und
Würfel!
Mein Weib ist Pfaff geworden. Bessr' es Gott!
(Ab.)

Fünfte Scene.

Prinz Heinrich. Ranzow, der schon im Hintergrunde gelauert. Dann Gräfin Agnes.

Ranzow (kommt näher).

Prinz Heinrich!
(Heinrich hört nicht.)
Gnäd'ger Herr, ihr seid verlangt.

Prinz Heinrich.

Was willst du, Ranzow?

Ranzow.
Seht nach jenem Hügel!

Prinz Heinrich.

Nun?

Ranzow.
Seht ihr nichts?

Prinz Heinrich.

Ein Reitertrupp, der eben
Im Busch verschwindet — ha, ein Frau'ngewand!
Was soll das mir?

Ranzow.

Ich griff sie auf, als ich
Auf Posten lag nach Süden. Eine Dame
Begehrt Gehör bei euch.

Prinz Heinrich.

Wer ist die Dame?

Ranzow.

Zählt eures Blutes Schläge. Giebt's ein Schock
Und noch ein halbes, ei, so glaubt getrost
An das, was sie euch melden.
(Winkt hinaus.)

Liebe Dame,
Nun helft euch selbst, ich bin nicht mehr von
nöthen.
(Ab. Agnes ist aufgetreten.)

Prinz Heinrich.
Die Gräfin — heil'ger Gott, was führt euch her?

Agnes (sieht sich scheu um).

Ich bin im Löwenlager! Eine Tochter
Des Staufenhauses in des Feindes Hand!
Doch wenn noch Rittersinn auf Erden lebt —
(Rasch auf ihn zu.)
Hier bin ich sicher!

Prinz Heinrich.

Wie mein eig'nes Herz!
Seh' ich ein Traumbild? Löset mein Erstaunen.

Agnes.

O richtet nicht, bevor ihr mich gehört!
Sie wollen mich verhandeln, eine Waare
Aus meinem freien Mädchenthume machen!
Wär' ich ein Mann, so müßt' ich Besseres,
Als feig und scheu aus meiner Burg zu flüchten.
Nun es gescheh'n ist, starr' ich auf die That,
Und wie ein Taumel weicht's von meinen Sinnen.

Prinz Heinrich.

Geschah euch Unbill, Agnes, gut, so lebt
Auf dieser Erde kein Geschöpf, ihr wißt's,
Das brünstiger zum Himmel fleht, an euch
Das sel'ge Werkzeug meiner Hand zu werden.

Agnes.

Ihr schwurt mir Liebe, Prinz. Es war vielleicht
In einer Stunde, des Vergessens werth —

Prinz Heinrich.

Nicht weiter, Agnes. Euer Angedenken
War mein Panier in allem Kriegeslärm.
Und wenn das Herz sich über meines Vaters
Verirrtes Thun unkindlich oft empörte —
Denn ach! das Recht haust nicht bei seinen
       Fahnen —
So dacht' ich eurer, und die schwere Pflicht
Schien mir versüßt.

Agnes.

   Mein Prinz, die Stunde kam,
Um euer Herz zu prüfen.

Prinz Heinrich.

      Sagt mir wie?

Agnes (offen und stolz).

Wenn ihr den Schritt wollt achten, den ich that,
Indem ich euch in meiner Noth gesucht.
Es ist ein Schritt, der hart die Grenze streift,
Wo Fehltritt sich und Frauensitte scheiden.

Sie haben mich verlobt, ihr wißt es, Prinz,
Verlobt an Frankreich mit Gewalt.

        Prinz Heinrich.

                         Und nun
Droht euch das Loos, das ihr so lang' gefürchtet?
Doch minder nicht als dieses Herz, bei Gott!

        Agnes.

Gesandte sind erschienen in der Pfalz,
Um mich in Frankreichs Arme zu geleiten.
Sie wiesen Vollmacht von, des Kaisers Hand
Und meines Vaters —

        Prinz Heinrich.

                Eures Peinigers.

        Agnes.

Doch der mich liebt. Mein Prinz, was schwur
                    ich euch,
Als ihr so männlich meinen Rheinbesitz
Im wilden Kriege schütztet?

        Prinz Heinrich.

                 In dem Schrein
Der Brust verschlossen trag' ich euer Wort.
Oft, wie ein Kind mit Weihnachtsgaben thut,

Hol' ich's hervor, stillselig es betrachtend.
Ihr schwuret mir, nie Frankreich zu gehören.

Agnes.

Und darum floh ich, ließ die fränk'schen Männer
In meinem Haus — was kümmern mich die
Franken?

(Hastig.)

Ich sagt' es euch, ich that im Taumel so.
O glaubt mir, lieber Prinz, o glaubt es doch.
Nur ein Gefühl empfand ich: heißen Zorn!

(Stolz.)

Denn eine freie Gräfin deutscher Lande
Bin ich, und d'rum die Herrin meines Herzens.

(Demüthig.)

Doch eh' ihr mich verachten wollt, so heißt
Mich lieber freundlich wieder gehn. O seht,
Ich hab' auf Gottes Welt kein Menschenherz,
Zu dem Vertrau'n mich zög'. Mein Vater weilt
Ja fern im welschen Land. Auch dacht' ich so:
Der Jungfrau, die im heiligsten der Rechte
Beleidigt wird, ist And'res wol erlaubt
Als der, die still das Leben in der Hut
Der lieben Mutterhand verträumen darf.

Ihr habt noch eine Mutter, und zu ihr
Will ich mich flüchten, will sie fleh'n, daß sie
An ihren Busen die Verfolgte nehme.
Ihr sagtet mir, sie sei ein edles Weib,
Sie wird die Unschuld auch zu schützen wissen.
Seht, darum kam ich. Ich muß an dem Herd
Des Erbfeinds suchen, was im Staufenhause
Sich mir nicht findet: Edelsinn und Recht.

Prinz Heinrich.

Ihr sollt euch nicht in meiner Mutter täuschen.
Doch warum hemmen, was an's Licht gehört?
Ihr liebt mich, Agnes?

Agnes (erschrocken).

Prinz, was soll das hier?
Ihr stoßt mich den Verfolgern in die Hände.

Prinz Heinrich.

Nur jetzt nicht eine falschverstand'ne Scham,
Wenn du mich liebst, nur jetzt nicht, wo das
Schicksal
Vom Himmel selbst in uns're Wahl gegeben.
Ich biete dir die Hand zum festen Bunde,
Nimm frei mich hin, so wie ich frei mich gebe.

Ich weiß nicht, Agnes, ob ein Gott mich treibt,
Doch was mich treibt, das duldet kein Bedenken.
Wie, wenn der Liebe vorbehalten wär',
Die Kluft zu füllen, die die Väter scheidet?

Agnes.

Vielleicht! Heraus denn, scheues Mädchenherz!
Hab' ich die Lieb' dem Himmel offenbart
Und sollt' sie dem nicht zeigen, dem sie gilt?

Prinz Heinrich.

In dem Besitz verlach' ich Reich und Kaiser!
Sein Glück erschafft sich Jeder selbst, und nie
War meines Vaters Thun das meine noch.
Bist du mein Weib, so bist du seine Tochter,
Und Reich und Kaiser wird es nicht mehr ändern.
Nach Stahleck denn, zu deiner Grafenpfalz,
Denn gegen Männer brauchst du Männerarme.
(Beide links ab.)

Sechste Scene.

Heinrich der Löwe und Hermann bei Rhein
von rechts.

Heinrich d. L.

Nun sprich! Was giebt's?

Hermann.

Da ist ein Bote, der die Kunde
Vom Süden bringt, der Kaiser sei gefallen
In blut'ger Schlacht.

Heinrich d. L. (tritt zurück, stier).

Gefallen — wer? Der Staufe?

Hermann.

Was ist euch, Herr? Ich meinte, diese Nachricht
Brächt' einen Rittersitz zum Botenlohn.

Heinrich d. L. (stützt sich auf's Schwert, mühsam
keuchend).

Sag', daß du logst, und sei mein reichster Graf!
Der Friedrich — todt!

(Lacht.)

So freu' dich doch, Halunke!

(Packt ihn an der Brust.)

Ich ein Verräther, sagst du? Ich ein Mörder?

Hermann.

Seid ihr bei Sinnen?

Heinrich (stößt ihn fort).

Daß die Erd' euch Alle
Verschläng', und mich zuerst! O pfui, mich ekelt's!
Die Frucht sieht köstlich aus, doch schmeckt sie bitter.

Es ist nicht Alles richtig und in Ordnung
Da unter'm Panzer!

(Ein Mann stürzt herein und auf die Kniee.)

Der Mann.

Gnäd'ger Herr, Erbarmen
Für unser Dörflein!

Heinrich b. L. (reißt ihn empor).

Knie'n? Verräther du!
Wer hieß dich knie'n? Ich will nicht knieen seh'n.
Niemand soll knie'n! Hinweg.   (Der Mann ab.)

Der Friedrich tobt!

Hermann.

Ihr braucht den Finger nur zu regen — so!
Und eine Krone hängt daran. Wann krieg' ich
Mein Beutetheil?

Heinrich.

Dem Erdball konnt' er schreiben
Sein Machtgesetz, hätt' er ein deutscher Mann
Auf deutschem Throne nur zu sein versucht!

Hermann.

Mir brennt die Schulter noch von seinem Hund.
Ein Rittersitz ist gutes Pflaster, Herr.

Heinrich.

Hund selber du, der ewig mich gehetzt!
Die Ruthe dir! Ich bin ernüchtert, oh!
Ich meint' es gut, doch er verstand mich nie.
Der Friedrich tobt! Mich freut's. Ich könnte
                                                weinen.

Ich haßt' ihn immer. Wie man Brüder haßt.
Nein, nicht so. Mehr! Ich hätt' ihn würgen
                                                können
Im Kuß — — o Herr, vergieb mir meine
                                                Sünden!

Hermann.

Hol' dich der Teufel, ist das all' mein Lohn?
            (Fanfare hinter der Scene.)

Heinrich (auffahrend).

Das ist des Kaisers Zeichen!
            (Zieht das Schwert gegen Hermann.)
                        Hund, du logst!

Hermann (deutet hinaus).

Nur Botschaft von der Krone. Wartet's ab!
            (Geht ab.)

Siebente Scene.

Heinrich der Löwe. Wittelsbach tritt rasch
auf, einen weißen Busch tragend. Beide sehen sich
einen Augenblick an.

Heinrich (anfangs scheu und gedrückt).

In welchem Amt? Ihr tragt des kaiserlichen
Botschafters Farb' an eurem Helm.

Wittelsbach.

Ich bin's.

Heinrich.

Der Kaiser starb!

Wittelsbach.

So klang das Wort noch gestern.
Der letzte Bote, der in Eisenach
Mich noch erreicht, vermeldet so: Beliebt?
(Ueberreicht einen Brief.)

Heinrich (wirft einen Blick darauf).

Besiegt, doch lebend! — Meine Brust wird weit,
Der Horizont wird hell! Ich hab' mich wieder. —
Was steht zu Wunsche, Graf?

Wittelsbach.

Streck' deine Waffen,
Rebell des Reichs, der Kaiser spricht und richtet!

Heinrich.

Die Sprache will besondern Dank! Sie zeigt,
Ihr traut mir so viel Ehre zu, daß ich
Des Kaisers Boten acht' in diesem Sprecher.
Weiß nicht, was diese Brust mit einem Mal
So mächtig leicht gemacht. D'rum fahrt nur fort.
Der Herr im deutschen Reich, der bin ich doch!
Das wißt ihr selbst zu gut. Ich denke so:
Euch thut ein wenig Spaßen noth, seit Mailand
So bitterbösen Ernst mit euch getrieben.

Wittelsbach.

Ich bin kein Spielverderber, sei's darum.
Weil nun der Kaiser lebt —

Heinrich (verächtlich).

In Acht und Bann.

Wittelsbach.

Ihr seid von euern Boten schlecht bedient.
In Frieden lebt der Kaiser mit dem Papst,
In frieblichem Vergleich mit den Lombarden.

Heinrich (bestürzt).

Das lügt ihr, Graf.

Wittelsbach (kalt).

> So denkt, es war gespaßt.
Auch von dem Frieden spricht der Brief: Beliebt?
> (Reicht den Brief.)

Heinrich.

Beliebt es mir, häng' ich dich einst in München
An meines Thurmes Knopf, du kühner Bote!

Wittelsbach.

Ich wußt' es ja, wir würden uns versteh'n.
Der Kaiser läßt mit aller seiner Macht,
Vom Bann gelöst, Italien im Rücken,
Um nun mit ganzem Ernst dem deutschen Reich
Die letzte Frist des Lebens zuzuwenden.
Ich bin beauftragt, euch die Hand zu bieten
Zum Friedensbund, verzieh'n sei jeder Schritt,
Der unf'res Reiches Frieden frech verletzte:
Des Meißnerlands Verwüstung, die Besetzung
Von Cöln und Halberstadt und Hildesheim,
Der Treubruch manches Edlen, den ihr zwangt
In eurer Zwecke Dienst, verziehen sei's,
Weil ihr durch Unterwerfung aller Wenden

Am baltischen Meer euch um das deutsche Reich
Verdienst erworben.

Heinrich.

Nicht der Rede werth.
Und also doch Verdienst? Ei, Graf, das macht
Mich ja ganz stolz. Hab' ich doch nie gewußt,
Welch' braven Mann das Reich in mir besessen.
So so! Ich hab' mir's sauer werden lassen,
Die kleinen Herrlein unter'n Hut zu bringen
Und Deutschland an ein einig Regiment,
Dank meinem guten Schwerte! zu gewöhnen.
[Ich hab' gesorgt, Herr, daß die röm'sche
Kirche
In deutschen Landen ihre Finger läßt
Von dem, was deutsch ist, denn der Priester soll
Mir nirgends reden in mein weltlich Amt:]
Jetzt kommt der Stauf, zerschlagen und zersetzt
Zurück, wohin er längst gesollt, und ich
Soll ihm die Ernte lassen, wo ich säte?
Vielleicht noch einmal meine deutsche Frucht
Benutzt seh'n, um im nimmersatten Rachen
Des welschen Ungeheuers zu verschwinden?

Wittelsbach.

War es ein Fehl, so ist der Fehl gebüßt.
Lerne das Unrecht mit dem Ganzen tragen,
Es fördert mehr, als wenn der trotzige Theil
Den eig'nen Weg will geh'n in seinem Rechte.
Denn nur aus des Gesetzes Boden sprießt
Die Blume Völkerwohl. Doch dies Gesetz
Hast du zerrissen und den Herrn gespielt,
Wo dich die heil'ge Ordnung dieser Welt
Als deines Kaisers Diener nur geduldet.
Du bist der Acht verfallen und dem Bann,
Nimmst du die Gnade von der Krone?

Heinrich.

Gnade?
Ja, guter Graf, hier hat der Spaß ein Ende.
Wenn sich der Staufe seiner Kronenpflicht
Erinnern kann und seines Gnadenrechts,
So ist das brav und freut mich, aber mir,
Mir muß er das nicht thun.
Ich bot ihm, was ich hab', zum Opfer an,
Wenn er den Weg verließ, den er betreten.
Und ob ich's wieder biet', ob nicht, das, Graf,

Das steht bei mir, ist mein erstritt'nes Recht,
So wahr ich Herr bin auf der deutschen Erde!

Achte Scene.

Vorige. Ranzow. Dann Mathildis.

Ranzow.

Hört, gnäd'ger Herr —

Heinrich.

Steh'n wir auf rothem Boden nicht? Bepinselt
Dem Kerl die kreidigen Backen doch. Was giebt's?

Ranzow.

Der Herr von Thüringen und der Holstengraf —

Heinrich.

Schlafen den Sieg aus. Nicht?

Ranzow.

Zieh'n aus dem Lager,
Der eine südwärts, nach der Weser zu
Der and're.

Heinrich.

Hollah! Ein Versteckenspiel!
Bin ich der Sucher? Was bedeutet das?

Mathilbis (eilig).

Erwartest du vom Dänenkönig Hilfe?

Heinrich.

Vor Abend, ja.

Mathilbis.

Es kam von Bardewik
Ein Bote, der dir sagen läßt, es habe
Der Däne Waldemar, als er gehört,
Der Kaiser leb' und sei des Bannes frei,
Mitten im Marsch sein Heer gehemmt und steh
Bereits in drohender Haltung gegen Lübeck.

Heinrich (aufschreiend).

Verrätherei.

Wittelsbach.

Nimmst du des Kaisers Gnade?

Heinrich.

Werft euern Abfall von des Kaisers Tisch
Den Hunden vor! Der Löwe mästet sich
In deines Staufen gold'nem Stalle nicht,
Er bleibt sein Herr, und müßt' er Aas benagen.

Wittelsbach.

So werf' ich dich an meines Kaisers Statt —

Mathildis (in Angst).

Rette dein Haus, mein Herzog!

Heinrich (immer wilder).

Fallet ab,

Ein Schurke nach dem andern, bis der Löwe
Nichts als sich selbst besitzt. Da wird sich zeigen,
Bei wem die Kraft sei, um ein Volk zu führen.

Wittelsbach.

In Bann und Acht!

Mathildis (wirft die Hände ringend in die Luft).

Das das Welfenende!

Wittelsbach (tritt auf ihn zu mit gestrecktem, gesenktem Arm).

In Bann und Acht! Und mit dem Aufgebot
Der ganzen Reichsmacht künd' ich dir die Fehde,
Bis du dich beugst, wie sich der Kaiser beugte!

(Fixirt ihn in obiger Stellung.)

Heinrich.

Gevehmt — und so gefeit!

Jetzt gilt's die Luft noch, die wir athmen, Weib,
Und die Verzweiflung ist in's Feld geladen!

(Wittelsbach rechts, Heinrich links ab.)

Ende des vierten Aufzugs.

Fünfter Aufzug.

In Braunschweig, große Halle. Links brennt ein
Weihnachtsbaum auf dem Tische. Rechts ein Alkoven,
durch einen Vorhang verhüllt.

Erste Scene.

Mathildis. Ihr Hausgesinde andächtig im
Hintergrunde. Ein Kinderchor singt hinter der
Bühne:

O du fröhliche, o du selige
Gnadenreiche Weihnachtszeit.
Welt war verloren, (Der Vorhang hebt sich.)
Christus geboren,
Freue dich, freue dich, Christenheit.

Mathildis (betend, mitten auf der Bühne).
Es freue sich, wem du gekommen bist,
Du Gottessohn, du lieber heil'ger Christ.

Kehr' auch bei uns mit deinem Frieden ein,
Gieß' auch in unser Herz von deinem Schein.
Vergiß ihn nicht, den tiefgestürzten Leu,
Geh' heute nicht an seinem Bett vorbei.
Du reinigst ja in dieser heil'gen Nacht
Die ganze Welt von böser Geister Macht.
So scheuch' auch nun des Trotzes bösen Bann,
In dem er stöhnt, vom schlummerlosen Mann.
Vergebens suchen wir dein himmlisch Reich,
So wir nicht werden einem Kinde gleich.

(Zum Gesinde.)

Wir haben bess're Tage, froh're Feste
Geseh'n, mein treues Hausgesind'. Doch heut',
Heut' ist die Welt ein Meer des Jubels voll,
Worin dies Haus ein Eiland voller Klagen.
Geächtet sind wir, eures Herzogs Gränzen,
Des weiland Herrn der Sachsen und der Baiern,
Ein Kind umspannt sie nun mit seinem Auge,
Das von des Thurmes Zinne niederblickt.
Wenn ihr den Frieden Gottes habt, so habt
Ihr mehr, als ich euch geben kann, denn ich,
Ich bin nun eine Bettlerin geworden.

(Ranzow tritt auf.)

Wer kommt? Ha, endlich Nachricht von dem
Sohne!

Ihr da, hinweg! —

(Das Gesinde ab.)

Nun steh' mir Rede, Knecht!

Zweite Scene.

Mathildis. Ranzow.

Ranzow.

Ich bring' euch selt'ne Kunde, gnäd'ge Frau.
Wie ich vermuthet, führte mich die Spur
Des jungen Herrn nach Stahleck, wo die Tochter
Des Grafen Konrad haust auf ihrer Pfalz.

Mathildis.

Was kann die Staufin, Barbarossa's Nichte,
Vom Welfensohne wollen?

Ranzow.

Nun, ich denk',

Was just ein Weib kann wollen von dem Manne.
Dem König Frankreichs war die Maid versprochen
Von Reich und Kaiser, doch sie weigerte
Des Bundes sich, weil er ein harter Mann

Und schon sein erstes Weib, die Ingeborg,
Ein dänisch Königskind, zu Tod gepeinigt.
Auch lebte wol ein ander Mannesbild
Ihr schon im Herzen, wie das Ende lehrt.
Genug, ihn rief ein hartbedrängtes Weib,
Denn Frankreichs Herrscher forderte die Braut,
Und unser Prinz ist just die rechte Art,
Gleich d'rein zu hau'n, wo der Verfolgte leidet.
Was red' ich viel? Die Herzen waren einig,
Man frug nicht lang' nach Kaisers Politik,
Und aus der Hohenstaufin und dem Welfen
Ward noch in selb'ger Nacht ein glücklich Paar.

Mathildis.

Das ist die Nacht der Wunder! Draußen ringen
Im Kampf auf Tod und Leben Leu und
                                        Kaiser,
Und ihr gewalt'ger Haß zerfleischt die Welt,
Indeß die Liebe, klug wie Schlangen und
Wie Tauben fromm, die Kinder still vereint.
Hier blinkt ein Stern aus diesem Schwall von
                                        Leid,
Mag er des Löwen Wrack zum Hafen führen.

Ranzow.

Der Herzog, eble Frau.

Mathilbis.

Laß uns allein.

(Heinrich ist aus dem Alkoven getreten. Ranzow ab.)

Dritte Scene.

Mathilbis. Heinrich, verwilbert unb bleich.

Heinrich b. L. (kommt langsam vor).

Auf seinen Knie'n vor mir! Ich werb's nicht los,
Das böse Bild! Wenn ich bie müde Wimper
Zum Schlafe senke, fahr' ich jäh empor
Unb vor des Schlafes Pforte steht der Kaiser!
Sie nannten's wol Verrath! Gesonnen hab' ich
Bei Tag unb Nacht — ich kann das Wort
                        nicht finden.
Als bu im Kampf mich trafft am Weserstrom
Unb mich erspähteft, rieffst bu laut: Rebell!
Unb fielst mich an mit hochgeschwung'nem Schwert.
Da schlug ich zu, unb burch bie Panzerringe
Rann bir das Blut — mir rann es aus bem
                        Herzen.

Erschrocken frug ich: Schmerzt es, lieber Bruder?
Doch im Getümmel war dein Wort verhallt.

   Mathildis.

Vergiß es, lieber Herr!

   Heinrich d. L.

     Dir hab' ich auch
Recht weh gethan, Mathildis. Mußt' ich's erst
Daburch erfahren, daß mir Weh geschah?
Auf seinen Knie'n! Das war die Höh' des Welfen,
Zu hoch, um nicht zu schwindeln und zu stürzen.

   Mathildis.

Es wirb noch Alles gut.

   Heinrich d. L.

     Was nennst du gut?
Auf meinem Haupte liegt des Reiches Acht,
Ich hab' kein Land mehr. Alles, Alles nahm
Der wilde Staufe dem erschlag'nen Löwen.

   Mathildis.

Ach, warum folgtest du dem Kaiser nicht,
Da er dich dreimal lub vor seinen Thron,
Und unermübet seines Reiches Tag
Nach Magbeburg, nach Würzburg, Worms berief.

Es war ja klar, daß er dich schonen wollte.
Dich aber ließ dein böser Trotz nicht geh'n.

Heinrich d. L.

Geduld! Geduld! Er wird sich wol besinnen!

(Trompete draußen.)

Ranzow (tritt ein).

Des Kaisers Bote steht am Thor der Burg.
Zum vierten Mal nach Erfurt läßt der Kaiser
Den Herzog laden auf des Reiches Tag.

Heinrich d. L.

Hinaus! Kein Wort mehr!

Mathildis.

Denke deines Hauses!

(Hastig und leise zu Ranzow.)

Laß ihn nicht fort, den Boten!

Heinrich d. L. (rasend).

Los die Hunde!

Jagt mir den Büttel aus der Burg!
Weg! (Zieht das Schwert.)

Bist du taub, Halunke!

(Ranzow ab.)

Weh, mein Kopf!

Ich hab' das Fieber, Nadelstiche zwicken

Mich im Gehirn — hier war's, wo seine Krone
Mich einst berührt und des Verrathes Pest
In's Löwenblut geimpft — o Judas! Judas!
(Er wankt und das Schwert entfällt ihm, er faßt nach einem
Sessel und Mathilbis stützt ihn, indem er niederfällt. Eine
Ohnmacht umfängt ihn.)

Mathilbis.

Wie's ihm das Herz zerfrißt! 'S ist nur ein Wurm,
Doch reicht er aus, den Leu zu bändigen.
Kein Kaiser konnt' es, doch es kann's — die
Schuld!

Vierte Scene.

Vorige. Prinz Heinrich und Agnes treten auf.

Prinz Heinrich.

Mutter!

Mathilbis.

Das ist mein Sohn!

Prinz Heinrich.

Sieh' deine Tochter!

Mathilbis.

Nun glüh'n die Weihnachtskerzen erst, nun werden

Die Wunder wahr, die Botschaft ist besiegelt:
Ich habe meine Kinder!

(Küßt Agnes auf die Stirn.)

Ach, wie du
So lieblich bist! Dich segne Gott der Herr!
Denn Trost und Hoffnung sind dein Brautgeleit.
Wie hat sich doch das Alles so gefügt?

Agnes.

O süße Mutter! Doppelt süßer Name,
Den mich das rauhe Leben nie gelehrt!

Mathildis.

Du kühnes Kind, wie kam dir solcher Muth,
Daß du den Gatten suchst im Löwenlager?

Agnes.

Ja, Mutter, hätt' ich's früher mich gefragt,
So wär' es nie gescheh'n. Ein scheues Reh,
Bedroht vom Jäger, von der Meut' umstellt,
So stand ich zitternd in dem heim'schen Tann.
Da faßte mich's! Ein Sprung und eine Flucht!
So schoß ich durch die Lichtung athemlos.
Und als ich endlich rastete verschnaufend,
Da lag ein Thal vor mir, so friedlich still,

Und wie geträumt schien die vergang'ne Noth.
So ist mir nun. D'rum nimm mich, wie ich bin;
Und denk', ich sei dir ein Geschick, noch nicht
Zu ungeschickt, mit meinem Werth zu wuchern,
Um meines Käufers, meines Eigners willen.

Prinz Heinrich.

O gute Mutter, hör' ihr Schmäh'n doch nicht.
Zahllose Himmel schenkt ihr süßes Selbst,
Kein Erdengut mag ihren Werth erreichen.
So reich begabt ist sie an Seel' und Leib.

Agnes.

Geh', wie du red'st! Wer ist der kranke Mann?

Prinz Heinrich.

Mein Vater! Gott im Himmel!

Mathildis (hält ihn zurück).

Fürchte nichts.
Seit Tagen schlaflos, übermannen ihn
Nur augenblicklich die erschöpften Sinne.

Agnes (kniet vor dem Herzog und liebkost seine Hand).
Du alter kranker Löwe! Könnt' ich dir
Mit meines Herzens frischem Lebensquell

Die Adern füllen. Könnt' ich — ja, was
                                    wollt' ich
Nicht thun für dich. Doch deine Krankenpflege
Soll mir die reinsten meiner Freuden bieten.
Ich hab' gehört, daß du das Staufenhaus
Bis in das letzte seiner Glieder hassest.
Mich auch? Nein, nein, du darfst nicht, alter
                                    Löwe.
Und wenn du's thust, so hassest du den Sohn,
Mit dem ich Eins bin — still, nun regt
                                    er sich!
Gebt ihm Musik! Im Hofe sah ich Kinder,
Wie sie zur Weihnacht singen vor den Thüren.
    (Prinz H. geht und kommt während des Liedes zurück.)
Musik vermag ein leibbelastet Herz
Gar wunderbar zu fassen. Gebt Musik!

        Kinderchor (draußen).
Weltentsündiger, Heilverkündiger,
Der uns zum Leben den Tod gemacht.
All', die in Thränen
Sich elend wähnen,
Tröste sie, heile sie, göttliche Nacht.

Heinrich d. L (ist zu sich gekommen, blickt im Traum
vor sich hin).

Ich bin ein Knabe noch zu Ravensburg,
Die Kinder hör' ich, die den Christ verkünden.
Dies Bäumchen dort hat meine Mutter mir
Bescheert zur Weihnacht, Pfeil und Bogen
schenkte
Der Vater mir, dazu ein zierlich Roß.

(Erblickt Agnes.)

Sieh', was da kniet! Das ist gewiß der Cherub,
Der von dem Christkind niederbringt die Gaben.
Denn diese holde Lichterscheinung stammt
Von unsrer Erde nicht. Ich denk', so ist's.
Ich war noch nie ein Herzog, kannte nie
Den Kaiser Friedrich, hab' ihn nie verlassen.
Das war geträumt. Ich bin ein Knabe noch.
Verschwinde nicht und bleibe du bei mir,
Du sel'ges Wesen, schau' mich immer an,
So weicht der böse Traum und ich gesunde.

Agnes.

Dein Traum ist süß, dein Loos ist das Erwachen.
Sieh' dort dein Weib und deinen Sohn!

Heinrich d. L. (blickt sich kopfschüttelnd um).

Ihr treibt
Nur Spott mit mir — ja freilich kenn' ich euch.
Und wer bist du? Du kamst vom Himmel her,
Denn nie auf Erden sah ich so was noch,
Deß Mund wie Harfe tönt, vor deſſen Blick
Der Sturm entschläft in meinem müden Blute.

Agnes.

Schick mich nicht fort. Vom Himmel kam ich nicht,
Im Himmel wohn' ich schon bei dir und ihm,
Der meines Herzens Gatte ward.   Ich bin
Die Pfalzgräfin vom Rhein, des Kaisers Nichte,
Jetzt deines Sohnes Weib und deine Tochter.

Heinrich d. L. (steht auf).

Seltsame Botschaft klingt in meinem Ohr.
Mein Sohn, was sagt dies Mädchen? Ist die
Gräfin
Nicht die Braut von Frankreich?

Prinz Heinrich.

So beschloß des Staufen
Herzlose Staatskunst, anders wollt' es Gott.
Kannst du sie segnen, segnest du mein Weib.

Heinrich d. L. (zieht Agnes an den Händen empor
und blickt sie lange an).

In deinem Aug' ist Gott: 's ist wahr! 's ist

wahr!

(Sinkt auf den Sessel zurück und bricht in ein convulsivi-
sches Lachen und Schluchzen aus. Pause.)

Mathildis.

Des Trotzes Rinde brach, Gott sei gelobt!

Heinrich d. L.

Die Hohenstaufin meines Sohnes Weib!

Willst blüh'n du zwischen Felsen, süße Rose?

Das ist des Löwen Ende, oder 's ist

Sein zweiter Anfang. Mußt' ich Süd und Nord

Durchstürmen, eine Welt in Trümmer brechen,

Um jene Frage mit Gewalt zu lösen,

Die ungeheure zwischen Welf und Stauf,

Daß mich 'ne Hochzeit überholt? Mein Sohn,

Tritt nah' zu mir! — Am Tage, da der Kaiser

Mit seiner Reichsmacht an dem Weserufer

Mein winzig Häuflein traf: ich sage dir,

Der Sachse stritt, wie Einer streitet, den

Der Löwe führt! Und gäb's Gerechtigkeit,

So schrieb die Nachwelt meines Häufleins Thaten

Dicht an die Männer von Thermopylä!
Nur Einer fehlte, wo dem Welfenstamme
Die Loose fielen — 's war mein eig'ner Sohn,
Der sich getrennt von seines Hauses Sache.

Prinz Heinrich (mit gesenktem Haupte vor ihm, aber fest).

Sagt, von des Vaters, der nicht recht gethan,
Sein Haus zu trennen von dem Vaterlande
Und zu vergessen über seinem Stamme
Das große Volk, in dem er wurzeln mußte.
Bin ich nicht deutsch, so kann ich Welf nicht sein.
Ich bitt' in Demuth, Herr, verzeiht's dem Sohne!

Heinrich d. L. (kopfschüttelnd, gramvoll).

Ich kann's nicht fassen, wie's den Leu gebeugt!
Ich bring's zu keinem Zorne mehr wie sonst,
Und hab' zur Antwort nichts als ein Geseufz.
Ich bin kein Löwe mehr. O geht! Auch ihr
Seid wider mich verschworen, dieses Kind
Mit seines Auges wundervollem Strahl,
Mit einem Antlitz, Engeln abgestohlen;
Mein Sohn verschworen, weil ich seinem Wort
Nicht einmal zürnen und erwidern kann:

Er sei im Unrecht! — Komm, mein braves Weib,
Dein Aug' ist feucht; weinst du des Löwen
                         Sturz?
Ach nein, du weinst des Löwen Fehl, und denkst,
Dem Reichsverräther sei sein Recht geworden.
Denkst auch wie die, daß ich den Friedrich nicht
Hätt' lassen sollen, nach dem alten Spruch:
Und wenn die Welt zu Grunde geht, es muß
Dem Recht sein Recht gescheh'n.
           Mathildis.
                  Das muß es, Herr.
Wer in sich selber seines Handelns Maß
Zu finden sich getraut, der stellt sich bald
Aus dem Verband der Nation, geächtet
Vom Bürgen jedes Segens, dem Gesetz.
Denn auch das schlechteste Gesetz ist gut,
Und schlimm ist nur der Wille, weil er wechselt.
Laß deine Ehre ankern in der Pflicht.
Dein Haus kann scheitern und dein Stamm
                     vergeh'n,
Doch deine Ehre, Mann, die ist den Stürmen
Der Zeit nicht unterthan, ihr Herr bist du!

Heinrich d. L.

Da haft du Recht. Die Pflicht: ein schönes Ding.
Laß erst die Thatkraft und des Willens Flut
Dies Ufer übersteigen —

(Steht auf.)

Dann hinab,
Kopfüber schießt der Wagen, der den Gott
Vernunft von seinem Lenkersitz verlor,
Und setzt die Welt in Brand, wie Phaëton!
Wer seid ihr Alle, daß der ew'ge Gott
Statt Zungen Schwert und Keulen euch gegeben?

(Packt sich an der Brust.)

Ich bin von Fleisch — was hämmert ihr's
wie Erz?

Mein Nam' ist Mensch, warum beschwört ihr mich
Mit frommem Bannspruch wie den schlimmsten
Teufel?

Da liegt mein Herz —

(Reißt sich das Oberkleid auf.)

Die Sonne schaut hinein
Und Erd' und Himmel richt' es! Vom Gesicht
Reiß' dir des Hochmuths Larve, Mensch, und
wasche

Mit deiner Augen gallenbitt'rer Flut
Die Lüg' herab, die deinen Trotz vergoldet.
Sei weich, mein Fleisch, wie eines Weihers Flut,
Die unter'm Hauch der Abendwinde schauert —
Und biegsam wie die Vogelfeder drücke
Die Spuren deiner Pflicht, die du so tief
Beleidigt, bis du blutest, stolzes Knie,

(Stürzt auf's Knie.)

In meines Vaterlandes heil'gen Boden!

Mathildis (tritt nach einer Pause an ihn heran).

Noch weilt des Kaisers Herold in der Burg.
Willst du ihn sprechen?

Heinrich d. L. (steht auf).

Nicht doch, gutes Weib,
Ich will der Ladung meines Kaisers folgen,
Ich sehne mich nach Friedrich, meinem Bruder.

(Er geht. Vorhang.)

Fünfte Scene.

Der Reichssaal in Erfurt. Im Mittelgrunde der
Thron mit Stufen. An beiden Seiten der Bühne
Sessel, hinten gothische Fenster. In der Mitte steht
der Reichsherold. Friedrich und Beatrix
auf dem Throne. Wittelsbach, Hohenzollern,
Oesterreich, Tirol, Anbechs, Montferrat.
Viele andere Edle und Kirchenfürsten. Pagen
am Thron, Ehrenwachen dahinter. Die Per-
sonen füllen die eine Hälfte der Bühne.

Herold.

Eröffnet ist des deutschen Reiches Tag
In Erfurts Mauern, und geladen sei
Hiermit ein Jeder öffentlich zu Recht,
Wer Recht bedarf von Kaisers Majestät.
(Stellt sich an des Thrones Seite.)

Friedrich.

Getreue Räth' und Mannen meiner Krone!
Mit Gottes Beistand und dem eurigen
Ist nun die Trübsal, die dem deutschen Reich
Unbänd'ger Hochmuth hat verhängt, beendet,
Und aus den Wirbeln dieses Bruderkriegs
Aufathmend hebt das Volk sein müdes Haupt,

Den Frieden grüßend, den des Kaisers Herz
Mit schwerern Opfern ihm erkauft, als man
Errathen mag. Gefestet steht die Macht
Des deutschen Reichs bis in die fernste Welt.
Ihr habt geseh'n, wie auf dem Tag zu Mainz
Von Spanien, England, Griechenland Gesandte
Mit unterwürf'gen Zungen uns begrüßten
Und deutscher Würd' und Herrlichkeit sich neigten.
Es bleibt jedoch die schmerzlichste der Pflichten
Zu thun, es bleibt die letzte, die die Zeit
Uns aufgesummt. Wir haben lang' gezögert,
Den Richterspruch, der auf des Löwen Haupt
Aus eurem Munde fiel, in Kraft zu setzen,
Und viermal ihn, obwol umsonst, geladen
Vor unsern Spruch. Nun wird Geduld zur
                                  Sünde,
Und das Gesetz des Reiches will Genüge.
Somit bekleiden wir für treuen Dienst
Um Kron' und Reich den Grafen Wittelsbach
Mit Baiern, unserm herrenlosen Lehn.
                    (Zum Herold.)
Im Namen Gottes lad' ihn nach Gebrauch!

Herold.

Im Namen Gottes, Pfalzgraf Wittelsbach
Erscheine vor dem Thron, so du zugegen.
        (Wittelsbach kniet.)

Friedrich (nimmt ein Fähnchen aus des Herolds Händen und berührt stehend Wittelsbach's Scheitel mit dem
                Schwerte).

Sei treu dem Kaiser, sei dir selber treu,
Ein leuchtend Vorbild aller Ritterzier,
Der Krone Pfeiler und des Reiches Stolz.
Steh' auf als Herzog Wittelsbach, belehnt
Mit meinem Kron= und Fahnenlehn von Baiern.
        (Wittelsbach tritt zurück mit dem Fähnchen.)
Das Herzogthum von Sachsen aber theilen —
        (Er stockt und holt tief Athem.)

Beatrix.

Wie ist euch, Herr?

Friedrich.

                Als riß ich Fetzen Fleisch
Aus meinem eig'nen Leibe! — Sachsen theilen
Wir zwischen Cöln, dem Erzstift, und dem Stuhl
Von Magdeburg, und zahlen so Ersatz
Für alle Schädigung, die diesen Aemtern

Der Löwe zugefügt in seiner Gier,
Dem Haus der Welfen eine Macht zu geben,
Die uns're Majestät gefährden mußte.
Uns aber, edle Herr'n, ist neue Pflicht
Zur selb'gen Stunde an das Herz getreten.
Graf Montferrat, euch hat der Papst gesendet,
Sagt euern Auftrag vor dem Kreis der Fürsten.

Montferrat (tritt vor).

So spricht der Papst zur deutschen Majestät!
Die heil'gen Stätten, wo der Herr gewandelt,
Sind abermals nach neunzigjährigem Frieden
Durch die Gewalt des wilden Saladin
In Heiden Hand gefallen und entweiht,
Und trostlos jammern in Jerusalem
Die Gläubigen nach Hilfe über's Meer.
D'rum wendet sich der heil'gen Kirche Mund
Mit heißer Bitt' an's kaiserliche Ohr,
Zum frommen Kreuzzug mit der Kirche Segen
Dein Schwert zu zieh'n zu deines Gottes Ehre.

Friedrich.

Wir woll'n es gern berathen und erwägen.
Wer naht der Krone mit beeiltem Schritt?

Sechste Scene.

Vorige. Der Pfalzgraf beim Rhein von
rechts.

Friedrich.

Mein lieber Vetter, deine Züge sprechen
Von lauter Grimm. Kann dir der Kaiser dienen,
Da du so stürmisch trittst in diesen Kreis?
Was ist gescheh'n?

      Am Rhein.

          Ein schweres Unrecht, Herr.
Ich hab' 'ne Tochter.

Friedrich.

          Komm zu Athem, Vetter.
Erfuhr die Tochter Unbill?

      Am Rhein.

          Ich, Herr, ich!
Ich hab' 'ne Tochter, ein entartet Ding,
Landstreicherin — bekümmert euch nicht weiter
Um solche Dirn'!

Friedrich.

          Ei, wenn wir helfen sollen,
Wie machen wir's, uns nicht darum zu kümmern?

Wie ist mir denn? Die Nichte muß ja wol
Zur feinen Braut gereist sein für den Franken,
Dem wir sie zugesagt, vertragsgemäß,
Als wir Besitzthum regelten am Rheine.

Am Rhein.

Wischt euch den Mund. Laßt's fahren. Hin
ist hin!

Mir brach der Welf in's Haus, ein rechter Wolf,
Und stahl mein einzig Kind, mein zartes Lamm.

Friedrich (unter allgemeiner Bewegung).

Was redest du?

Am Rhein.

Bin ich betrunken? toll?

Toll kann es machen, allerdings. Ich will
Kein Hellerlicht mehr einem Heil'gen opfern,
Wenn sie der Burgpfaff, den ich durchgeprügelt
Für solche That, nicht ehelich verbunden.
Den Welfensohn und sie. Ich sag', so ist's!
Richtig gefreit nach aller Form der Kirche.
Auch nicht das Traugeld hab' ich mehr zu zahlen.

[Friedrich.

Du sagst uns Wundermär. Wie kam die Sache?

Am Rhein.

Hört's kurz und klar. Das eigensinnige Ding —
Ich ritt nach Stahleck, wie ihr wißt, begehrte
Mein Kind nach langem Fernsein zu umarmen,
Ich witterte nichts Gutes, als die Burg,
'S war grimmig kalt, verschlossen war, bis
                      endlich
Des Pförtners Armensünderfratze sich
Scheu durch das Thor schob. Warf den Kerl
                      bei Seit'
Und rannt' hinauf. Fand ich den Pfaffen da.
Wo ist mein Kind? — „Erbarmen, gnäd'ger
                      Herr!" —
Wo ist mein Kind, du Schurke? — „Herr, der
                      Welf —"
Da nahm ich meinen Handschuh, schlug ihn rechts
Und links dem Schlingel um das Ohr, und
                      holte
Mir silbenweis mit Hieben die Geschichte
Von ihm heraus. Ihr stand der Frank nicht an.
D'rum rief sie sich von Braunschweig einen Buhlen.
Hol' ihn der Teufel. Amen! Ich bin warm.

Wittelsbach (zum Nachbar).

Das war ein schwer Stück Arbeit, so 'ne Rede.
Wenn's Köpfe gilt zu säbeln, fördert's besser.]

Friedrich.

Wär' nicht die schwere Folge zu bedenken,
'S wär' eine That, sie lächelnd zu bewundern.
Ruft uns ein Mägdlein noch einmal zu Felde
Und macht des Friedens Lobgesang zu Spott,
Der fröhlich schon von allen Lippen klingt?
Was thun wir, Vetter?

Am Rhein.

Soll ich an den Papst?
Ich thu's bei Gott! Er muß die Ehe lösen.
Mein Rheinland ist gefährdet, wenn mir erst
Der Frankreich grollt. Ich hab's zunächst 'zu
büßen.

Beatrix.

Herr, ist kein and'rer Weg? Es will mein Herz
Recht innig sprechen zu des Paares Gunsten.
Wenn je dein Herz in deines Amtes Drang
Nach einem Ausweg frug, des Löwen Stamm
Nicht bis zur letzten Wurzel zu vernichten,

12*

Wenn je die Gnade lag in deinem Sinn:
So mach' der Gräfin Sache zu der deinen.
Der Mensch hat Buße noth und eitel Demuth,
Wo er Gericht muß üben an dem Bruder.

(Trompete draußen.)

Friedrich (bisher im Sinnen verloren, fährt auf).

Wer sucht Gehör am Thron des deutschen Reichs?

Beatrix.

Sieh', Herr, was ist das? Sind wir auserwählt,
Die Zeit des ew'gen Friedens zu erleben,
Die uns geweissagt der Propheten Mund?
Ich seh die Lämmer wandeln bei den Löwen!

Siebente Scene.

Vorige. Heinrich d. L., die Gräfin Agnes
führend, von links. Es folgt Mathildis mit
Prinz Heinrich.

Friedrich (thut einen Schritt vom Thron herab).

Heinrich!

Heinrich (weist ihn zurück.

Wer bist du, wenn mein Richter nicht und Herr?
Und wenn du's bist, wie dürftest du mich kennen?
Gieb meinen Spruch mir um der Menschen willen,

Daß Recht zu seinem Rechte komm' auf Erden.
Ich suche Frieden hier mit meinem Volk,
Und Frieden werd' ich haben, wenn du strafst.
Daß du dein Knie mir bogst, hat mir den Freund,
Mich selbst, mein Glück, mein Vaterland gekostet.
Bezahlt muß werden Glied um Glied — so
                                        nimm's
              (Kniet).
Verzinst mit blut'gen Schwielen hier zurück.
Gieb mir den Friedrich wieder und mich selbst.

  Friedrich (sinkt erschüttert auf den Thron zurück).

Das ist nicht Menschenwerk. Das faß' ich nicht!

Beatrix (steigt herab und hebt die ebenfalls knieenden
     Frauen auf).

Frau Herzogin, hier sind wir Schwestern! —
Du bist des Himmels Werkzeug, liebe Tochter,
An meinem Herzen suche deinen Platz.
Der aber dort wird handeln, wie er muß.
   (Sie meint den Kaiser.)

   Friedrich (hat sich gefaßt).

Verlies das Urtheil meiner Fürsten, Herold.

   Herold (aus einer Rolle lesend).

In Kaisers Namen und des Reiches! Heinrich,

Du weiland Herr von Sachsen und von Baiern,
Der Spruch der Fürsten, der dein Haupt betroffen,
Er lautet also: Weil die Reichespflicht
Der Krone du in ihrer höchsten Noth
Versagt, weil du lehnsherrliche Gewalt
Dir angemaßt in deines Kaisers Landen,
Weil du getreue Diener seines Throns,
Die deinem staatsgefährlichen Beginnen
Gewehrt, mit Schwert und Feuer niederschlugst,
Weil schließlich du des Kaisers Gnade selbst
Verlacht und unsern Völkern eine Geißel
Und schnödes Unsal bliebst, so nehmen wir
Sachsen und Baiern, deine Lehn, zurück
Und bannen dich sieben Jahre von dem Reich.

   H e i n r i ch (stöhnend).

Mein Haus! Mein Welfenhaus! Das ist zu viel!

   F r i e d r i ch (steht auf).

Fürsten und Herr'n des Reichs! Das letzte Wort
Spricht hier die Krone selbst nach altem Recht.
D'rum höret und enthaltet euch der Meinung! —
Die sieben Jahre mildr' ich dem Verbannten
Auf drei herab im Wege meiner Gnade.

Das Welfenerbe Braunschweig-Lüneburg,
Das an die Krone fiel nach dem Gesetz,
Bestimmt mein freier kaiserlicher Wille
Hiermit zum Brautschatz dieser meiner Nichte,
Der Gräfin Agnes, und zum ewigen
Besitzthum ihres Gatten, wer es sei!
Und was den Rhein betrifft, so bürgen wir
Mit unserm Kaiserwort für seinen Schutz,
Die Wahl der Gräfin so bestätigend.

Beatrix.

Ich wußt' es ja, mein kaiserlicher Herr,
So würdest du des Himmels Winke deuten.
            (Zum Pfalzgrafen.)
Da ist dein Kind! Und denkst du besser nicht
Von ihm, als deine Stirn mir sagen will,
So soll dir Gott verzeih'n!

Beim Rhein.
            Hat's nicht mehr nöthig.
        (Umarmt Agnes.)
Trotzkopf — der Frankreich — doch was macht
                        mir das

Heinrich d. L.

Bist du zu End' und hab' ich meinen Spruch?

Friedrich (thut Krone und Mantel ab, steigt nieder
und hebt ihn auf).

Der Kaiser ist zu Ende, nicht der Mensch.

Zum letzten Male seh'n sich Stauf und Welf.

Heinrich (tritt wie betäubt von ihm weg).

Es schlägt ein Reis aus dem gefällten Stamme!

Mein Same lebt, ich lebte nicht umsonst.

Ha, laßt mich athmen, laßt mich das begreifen!

Was thut ihr mir, daß ihr dem eig'nen Volke

Ein heilsam Schreckbild freventlicher Willkür

Entzieht — o nein, verklärt in Gnadenstrahlen,

Und an die Mutterbrust Germaniens

Zurückeschmuggelt ihren schlimmsten Sohn? —

Schwill' auf, du Sündflut meines reuigen Bluts,

Bis du dies Herz, die Gräberstatt von Freveln,

Ersäuft, und bis der Thränen salzig Meer

Es wie Gomorrha deckt! Nur ein Gebet

Für's Vaterland laß noch empor —

(Sieht sich um.)

                                    Ich suche

Nach einem Altar, wo ich's niederlege — . —

Herz meines Friedrich, such' ich einen andern?
(Stürzt ihm in die Arme.)
Ich Thor! Ich Thor! In diesen Zwei'n lebt
Mark
Zu einem großen Deutschland für Aeonen,
Und ich, ich hab's verzürnet und vertrotzt!!

Friedrich.

Gesegnet sei mir dieser Trotz des Welfen.
Er lehrte mich mein Vaterland versteh'n,
Er lehrte mich bei meinem Volke wohnen.
Das tröste dich in deiner letzten Stunde.
Muth, alter Leu! Nach dreien kurzen Jahren
Kehrst du zurück, und lebst des Lebens Abend
Bei deinen Kindern. Meines Hauses Zeit,
Vielleicht mißt's ein Jahrhundert aus, es zehrt
Das Staufenblut, das rastlos jagende,
Sein eig'nes Leben schnell hinweg, wir werden
Gewaltig leben, doch wir leben kurz!

Heinrich.

Leb' wohl!
(Thut einen Schritt und hält inne.)
Des Alters Winter, arme Gattin,

Hat unſer Haupt beſchneit. So dachteſt du
Des Welfen Ende nicht. Nun glucke mich
Durch Sturm und Flut in deine britiſche Heimath.
Drei Jahr! Und dann? 'S iſt nur noch Eins
                                    zu ſagen:
Wenn ihr des Löwen Tod vernehmt, ſo gönnt
Ihm eine Ruhſtatt unter deutſchen Eichen.
          (Geht ab mit Mathilbis.)
              Friedrich.

Welt, gute Nacht!

  Beatrix (tritt ihm näher, wie um ihn zu tröſten).

      Dir bleibt dein Volk, dir bleibt —

  Friedrich (wendet ſich mit voller Faſſung an die
                      Fürſten).

Jeruſalem!

              Ende.

Berichtigung: S. 38 Z. 8 v. o. lies Heer ſtatt Herr.

Druck von G. Pätz in Naumburg

Im Verlage von **Hermann Coſtenoble** in **Jena** erſchienen ferner folgende neue Werke:

Gerſtäcker, Friedrich, Unter den Penchuenchen. Chileniſcher Roman. 3 Bde. 8. broch. circa 4¹/₂ Thlr.

Marx, A. B., Das Ideal und die Gegenwart. 8. eleg. broch. circa 1¹/₂ Thlr.

Mühlbach, Louiſe, Marie Antoinette und ihr Sohn. Hiſtoriſcher Roman. 6 Bde. 8. eleg. broch. circa 6¹/₂ bis 7 Thlr.

Uechtritz, Friedrich von, Eleazar. Eine Erzählung aus der Zeit des großen jüdiſchen Krieges im erſten Jahrhunderte nach Chriſto. 3 Bde. 8. broch. circa 4¹/₂ Thlr.

Baker, Samuel White, Der Albert-Nyanza, das große Becken des Nil und die Erforſchung der Nilquellen. Deutſch von J. E. A. Martin. Autoriſirte Ausgabe. Nebſt 33 Illuſtrationen in Holzſchnitt, 1 Chromolithographie und 2 Karten. Zwei ſtarke Bände. Eleg. broch. circa 5¹/₃ Thlr.

Deutſche Schützen-, Turner- und Liederbrüder, oder: Was will das Volk? Zeitgeſchichtlicher Roman vom Verfaſſer der Romane: „Die Ritter der Induſtrie", „Herren vom Kleeblatt" ꝛc. ꝛc. 4 Bde. 8. eleg. broch. circa 5 Thlr.

Wickede, Julius von, Die Heeresorganiſation und Kriegführung nach den Berechtigungen der Gegenwart. Für denkende Officiere, Staatsmänner und Landtagsabgeordnete. gr. 8. eleg. broch. 1¹/₃ Thlr.

Winterfeld, A. von, Ein gemeuchelter Dichter. Komischer Roman. 4 Bde. 8. eleg. broch. 6 Thlr.

Breusing, Hermann, Ein Geächteter. Lebensbild. Erste Abtheilung. 2 Bde. 8. broch. 2½ Thlr.

Breusing, Hermann, Ein Geächteter. Lebensbild. Zweite Abtheilung. 2 Bde. 8. broch. 3 Thlr.

Diezmann, August, Frauenschuld. Roman. 2 Bde. 8. broch. 3 Thlr.

Ernesti, Louise, Zwei Fürstinnen. Roman. 2 Bde. 8. broch. 3 Thlr.

Gerstäcker, Friedrich, Eine Mutter. Roman. 3 Bde. 8. broch. 4½ Thlr.

Höcker, Gustav, Sein und Nichtsein. Erzählung. 8. broch. 1¼ Thlr.

Mühlbach, Louise, Deutschland in Sturm und Drang. Historischer Roman. Erste Abtheilung: Der alte Fritz und die neue Zeit. 4 Bde 8. broch. 5½ Thlr.

Stahl, Arthur, Ein weiblicher Arzt. Ein Roman. Zweite Auflage. 2 Bde. 8. broch. 2 Thlr.

Willkomm, Ernst, Gesellen des Satan. Roman in zwölf Büchern. Erste Abtheilung 3 starke Bde. 8. broch. 4 Thlr. Zweite Abtheilung 3 starke Bde. 8 broch. 3½ Thlr.

Andree, Dr. Richard, Vom Tweed zur Pentlandföhrde. Reisen in Schottland. Mitteloctav-Format. eleg. broch. 1 Thlr. 22½ Ngr.

Berlepsch, H. A., Die Alpen in Natur und Lebens-Bildern. Dritte Auflage. **Für den Reisegebrauch redigirt.** Mit 6 Illustrationen in Holzschnitt. 8. eleg. geb. 1 Thlr.

Bibra, Ernst Freiherr von, Ein edles Frauen herz. Roman. 3. Bde. 8. broch. 4¼ Thlr.

Fels, Egon, Die Rose von Delhi. Roman aus der Zeit des indischen Aufstandes unter Nena Sahib im Jahre 1857. 4 Bde. 8. broch. 5 Thlr.

Guseck, Bernd von, Der Graf von der Liegnitz. Historischer Roman. 3 Bde. ?. broch. 4¼ Thlr.

Mühlfeld, Julius, Für's Vaterland. Geschichtlicher Roman 2 Bde. 8. broch. 2½ Thlr.

Wickede, Jul. von, Ein Husarenofficier Friedrich's des Großen. Nach den eigenhändigen Aufzeichnungen Hans Leberecht von Bredow's. 3 Bde. 8. broch. 4½ Thlr.

Andreä, Wilhelm, Die Sturmvögel. Cultur- und sittengeschichtlicher Roman aus dem Anfange des 16. Jahrhunderts. 2 Bde. 8. broch. 2½ Thlr.

Annele, Mathilde Franziska, Das Geisterhaus in New-York. Roman 8. broch. 1½ Thlr.

Ati-Rambang, Auf fremder Erde. Roman. Mit Vorwort von Friedrich Gerstäcker. 5 Thle. in 3 Bänden. 8. broch. 5½ Thlr.

Bacher, Julius, Ein Urtheilsspruch Washington's. Historischer Roman. 2 Bde. 8. broch. 2½ Thlr.

Berlepsch, H. A., Die Alpen in Natur- und Lebensbildern. Mit 16 Illustrationen von E. Rittmeyer. Pracht-Ausgabe. Lex.-Oct. Ein starker Band. Eleg. broch. 3 Thlr. 26 Ngr. Eleg. geb. mit vergoldeten Deckenverzierungen 4⅓ Thlr. Mit Goldschnitt 4⅔ Thlr. **Wohlfeile Volksausgabe.** gr. 8 broch. 1⅔ Thlr. Eleg. geb. 2 Thlr. 5 Ngr.

Bibra, Ernst Freiherr von, Tzarogy. Roman. 3 Bde. 8. broch. 3³/₄ Thlr.

Bibra, Ernst Freiherr von, Reiseskizzen und Novellen. 4 Bde. 8. broch. 4¹/₂ Thlr.

Bibra, Ernst Freiherr von, Hoffnungen in Peru. Roman. 3 Bde. 8. broch. 3³/₄ Thlr.

Bibra, Ernst Freiherr von, Aus Chili, Peru und Brasilien. 3 Bde. 8. broch. 3³/₄ Thlr.

Bibra, Ernst, Freiherr von, Erinnerungen aus Süd-Amerika. 3 Bde. 8. broch. 3¹/₂ Thlr.

Bibra, Ernst Freiherr von, Ein Juwel. Süd-amerikanischer Roman. 3 Bde. 8. broch. 3³/₄ Thlr.

Brachvogel, A. E., Adalbert vom Babanberge. Ein Trauerspiel. Min.-Ausg. broch. 24 Ngr. Prachtvoll geb. mit Goldschnitt 1 Thlr. 2 Ngr.

Brachvogel, A. E., Narciß. Ein Trauerspiel. Miniatur-Ausgabe. Zweite Auflage. broch. 24 Ngr. Prachtvoll geb. mit Goldschnitt 1 Thlr. 2 Ngr.

Brachvogel, A. E., Der Usurpator. Ein dramatisches Gedicht. Miniatur-Ausgabe. broch. 27 Ngr. Eleg. geb. mit Goldschnitt 1 Thlr. 5 Ngr.

Brachvogel, A. E., Theatralische Studien. 8. broch. 24 Ngr.

Brachvogel, A. E., Schubart und seine Zeitgenossen. Historischer Roman. 4 Bde. 8. broch. 5¹/₂ Thlr.

Brachvogel, A. E., Beaumarchais. Ein Roman. 4 Bde. 8. broch. 5 Thlr.

Brachvogel, A. E., Benoni. Ein Roman. Zweite Auflage. 3 Bde. 8. broch. 3 Thlr. 15 Ngr.

Brachvogel, A. E., Historische Novellen 1. bis 4. Band. 8. broch. à Band 1½ Thlr.

Brachvogel, A. E., Aus dem Mittelalter. 2 Bde. 8. broch. 2½ Thlr.

Brachvogel, A. E., Der Tröbler. Ein Roman aus dem Alltagsleben. 2 Bde. 8. broch. 2¼ Thlr.

Brachvogel, A. E., Ein neuer Falstaff. Roman. 3 Bde. 8. broch. 4½ Thlr.

Buchrucker, Wolfgang, Pfarrer. Spurgeon. Ein Lebensbild. 8. broch. 12 Ngr.

Bunyan, Johann, Die Pilgerreise aus dieser Welt in die zukünftige. Aus dem Englischen mit Einleitung und Anmerkungen von Dr. Friedrich Ahlfeld, Pastor an der St. Nicolaikirche zu Leipzig. Pracht-Ausgabe mit 12 Holzschnitten. Zwei Theile in einem Bande. 8. broch. 1⅚ Thlr. In elegantestem englischen Einbande mit reich vergoldeten Deckenverzierungen und Goldschnitt 2⅓ Thlr.

Burow, Julie (Frau Pfanneuschmidt), Des Kindes Wartung und Pflege und die Erziehung der Töchter in Haus und Schule. Ein Handbuch für Mütter und Erzieher. (Das Buch der Erziehung in Haus und Schule. Erste Abtheilung.) 8. broch. 27 Ngr.

Diezmann, August, Leichtes Blut. Roman. 3 Bde. 8. broch. 4 Thlr.

Eichenfels, Hans von, Das Erbschloß. Ein Roman. 3 Bde. 8. broch. 3¾ Thlr.

Ernesti, Luise, Aus alter und neuer Zeit. Novellen und Skizzen. 2 Bde. 8. broch 3 Thlr.

Ernesti. Luise, Geld und Talent. Roman. 3 Bde. Zweite Auflage. 8. broch. 2¾ Thlr.

Ernesti, Luise, Die Aristokratin und der Fabrikant. Ein Roman. 4 Bde. 8. broch. 4½ Thlr.

Gerstäcker, Friedrich, General Franco. Lebensbild aus Ecuador. (Zwei Republiken. Erste Abtheilung.) 3 Bde. 8. broch. 4 Thlr.

Gerstäcker, Friedrich, Sennor Aguila. Peruanisches Lebensbild. (Zwei Republiken. Zweite Abtheilung.) 3 Bde. 8. broch. 4½ Thlr.

Gerstäcker, Friedrich, Die Colonie. Brasilianisches Lebensbild. 3 Bde. 8. broch. 3 Thlr. 27 Ngr.

Gerstäcker, Friedrich, Im Busch. Australische Erzählung. **Wohlfeile Volksausgabe.** Classikerformat. 3 Bde. broch. 1 Thlr. 12 Ngr.

Gerstäcker, Friedrich, Die beiden Sträflinge. Australischer Roman. Zweite, durchgesehene Auflage. **Wohlfeile Volksausgabe.** 8. 3 Bde. broch. 2½ Thlr.

Gerstäcker, Friedrich, Der Wilderer. Ein Drama in 5 Aufzügen. Miniat.-Ausg. broch. 27 Ngr.

Gerstäcker, Friedrich, Achtzehn Monate in Süd-Amerika und dessen deutschen Colonien. 6 Thle. in 3 Bänden. 8. broch. 5⅓ Thlr.

Gerstäcker, Friedrich, Die Regulatoren in Arkansas. Aus dem Waldleben Amerika's. Erste Abtheilung. 3 Bde. 4. Aufl. 2. Stereot.-Ausgabe. 8. broch. 1⅔ Thlr.

———————————

Druck von G. Pätz in Naumburg.

www.ingramcontent.com/pod-product-compliance
Lightning Source LLC
Chambersburg PA
CBHW030601040726

47497CB00008B/2820